Hedwig Dohm
Die Antifeministen

AF141144

SEVERUS Verlag

Dohm, Hedwig: Die Antifeministen. Ein Buch der Verteidigung. 2018
Neuauflage der Ausgabe von 1902
ISBN: 978-3-95801-789-4

Umschlaggestaltung: Annelie Lamers, SEVERUS Verlag

Bibliografische Information der Deutschen Nationalbibliothek: Die
Deutsche Nationalbibliothek verzeichnet diese Publikation in der
Deutschen Nationalbibliografie; detaillierte bibliografische Daten
sind im Internet über https://dnb.de abrufbar.

Der SEVERUS Verlag ist ein Imprint der Bedey & Thoms Media GmbH,
Hermannstal 119k, 22119 Hamburg

SEVERUS Verlag, 2018
http://www.severus-verlag.de
Gedruckt in Deutschland
Der SEVERUS Verlag übernimmt keine juristische Verantwortung
oder irgendeine Haftung für evtl. fehlerhafte Angaben und deren
Folgen.

Hedwig Dohm

Die Antifeministen

Ein Buch der Verteidigung

Inhalt

Einleitung 3

Vier Kategorien der Antifeministen 7

Zwei Altgläubige 14

Drei Ärzte als Ritter der *mater dolorosa* 34

Weib contra Weib 76

Laura Marholm 81

Ellen Key 99

Frau *Lou Andreas-Salomé* 113

Von der alten und der neuen Ehe 129

Einleitung

Das Buch »Die Antifeministen« besteht zum Teil aus Aufsätzen, die im Lauf der letzten fünf Jahre in verschiedenen Journalen zum Abdruck gelangt sind.

Es ist ein Buch der Verteidigung, nicht des Angriffs.

Man hat mir vorgeworfen, dass meine polemischen Aufsätze der Ausdruck eines Geschlechtskampfes seien, ein männerfeindliches Dreinhauen, unter dem Motto: nichts mit dem Mann, alles gegen den Mann.

Gegen welchen Mann? doch nur gegen denjenigen, der meine Entrechtung für alle Ewigkeit festhalten will, der das Weib nur als Durchgang zum eigentlichen Menschen – als Gebärerin des Mannes – gelten lässt.

Man hat meine Kampfesweise von Person zu Person als einen geschmacklosen Anachronismus bezeichnet, und als unwürdig, weil sie sich des Spottes bediene.

Ein Kampf von Person zu Person? Wieso?

Die von mir gewählten Vertreter des Antifeminismus kenne ich ja gar nicht. Es mögen charakter- und gemütvolle Persönlichkeiten, meinetwegen Menschen zum Verlieben sein, auch in ihren Schriften mag neben dem, was mich entrüstet, Gutes und Schönes stehen, das geht mich gar nichts an. Ich wende mich nicht gegen Personen, sondern gegen Ideen, ich schreibe keine Kritiken, meine Feder ist nur mein Schild zur Abwehr der tödlichen Streiche, die man gegen mich als Weib führt.

Und wie sollte ich mich ehrerbietigen Ernstes befleißigen, Einwürfen gegenüber, die den Spott in unvergleichlicher Weise herausfordern.

Oder meint man: nie dürfe die schwache Frau über den

starken Mann spotten, immer nur der starke Mann über die schwache Frau? Wäre das nicht, als schlügen große Jungen kleine Mädchen, und den kleinen Mädchen läge ob fein still-zuhalten? Haben nicht die Männer Jahrhunderte hindurch jeden auch noch so bescheidenen Anspruch der Frau mit Hohn und Spott zurückgewiesen? Bin ich nicht selbst, als ich vor 30 Jahren meine ersten Schriften in der Frauenfrage veröffentlichte, mit Hohn und Spott überschüttet worden!

Wie verfährt denn der Kritiker, der ein Drama oder ein Buch zerreißt? Und der Autor hat ihm nichts getan. Nur sein Werk gefällt ihm nicht. Und satyrische Ausfälle – natürlich nur, wenn sie ihm zu Gebote stehen – sind seine Lieblingswaffen.

Männerfeindlich diese Form der Polemik? Und wäre ich den Männern liebevoll, bis an die Grenze des Erlaubten gesinnt – mich durch meine Gefühle bestechen lassen, wäre das nicht – weibisch?

Hasse ich etwa den Löwen, gegen dessen Angriff ich mich wehre? Aber, weil ich ihn schön und königlich finde, kann ich mich doch nicht von ihm auffressen lassen.

Die Frauenfrage in der Gegenwart ist eine akute gewor-den. Auf der einen Seite werden die Ansprüche immer radikaler, auf der anderen die Abwehr immer energischer. Letzteres ist erklärlich. Je dringender die Gefahr der Frau-eninvasion in das Reich der Männer sich gestaltet, je gehar-nischter treten ihr die Bedrohten entgegen. Und sind ihre Waffen vom Zahn der Zeit schartig geworden, sie putzen sie blank mit der ethischen Phraseologie, die noch immer ihren Schriftsteller – wenn er vom Mittelschlag ist – nährt.

Weit entfernt zu verlangen oder zu wünschen, dass der Frauenbewegung jeder Kampf erspart bleibe, kann uns nichts willkommener sein, als unsere Kräfte mit dem Geg-ner zu messen. Überall und immer, wo nach den Gesetzen der Entwicklung eine neue Idee der alten zumutet: » ôte-toi, *que je m'y mette*«, ist der Kampf unausbleiblich, notwendig, ersprießlich. Er klärt die Meinungen, bringt flutende Bewegung in die Massen, verhindert auf der einen Seite die Stagnation, auf der andern allzu starke explosive Gärungen. Lessing sagt in einer seiner Abhandlungen, dass die Menschen noch über nichts in der Welt einig sein würden, wenn sie sich noch über nichts in der Welt gezankt hätten.

Unsere Feinde kommen uns von oben und von unten. Das heißt: sie begründen ihre Gegnerschaft entweder mit der geistigen und körperlichen Minderwertigkeit der Frau, oder sie decken sie mit der erhabenen Mission des Weibes als Priesterin des häuslichen Herdes, mit ihrer mimosenhaften Zartheit und ähnlichem Flügelschmuck. Die meisten aber wenden beide Kampfesarten zugleich an, des geflügelten Wortes eingedenk, dass doppelt angespannt nicht reißt. Sie befolgen dabei eine nicht zu billigende Taktik. Entweder lesen sie die Schriften der Feministen nicht, oder sie geben sich den Anschein, sie nicht zu kennen, um sich des Versuches ihrer Widerlegung enthalten zu dürfen. Im wesentlichen besteht ihre Beweisführung – wenn wir von gelegentlichen ethischen und ästhetischen Gefühlsschaudern absehen – in Behauptungen. Und immer behaupten sie dasselbe – dasselbe. Der Tropfen höhlt den Stein, wie viel mehr das weiche Menschenhirn.

Solche unentwegt wiederholten Behauptungen wirken beinah wie die Riesenreklamen für irgend ein Mittel, die uns in großen Städten oft jahrelang von allen Mauern, Säulen, Zäunen entgegengrinsen, bis sie uns förmlich hypnotisieren und – fast gegen unsern Willen – kaufen wir.

Eine schlaue Taktik, die Begründungen und Widerlegungen der Frauenpartei zu ignorieren, denn – die Leute lesen in der Regel nur diejenigen Zeitungen, Journale, Bücher, die ihren Anschauungen entsprechen. Ließen sich unsere Gegner nun zu einer sachlichen Erörterung der Ideen der

Frauenbewegung herbei, so würden damit diese Ideen zur Kenntnis ihrer Kreise gelangen, und wer steht dafür, dass nicht ein Funke aus diesem Revolutionsherd ein Schadenfeuer in schönen Seelen anrichtete, die auf konservative Gesinnung geaicht sind.

Vier Kategorien der Antifeministen

Dem Ansturm gegen die Frauenbewegung liegen die verschiedensten Motive zugrunde. Sie klar zu stellen nehme ich vier Kategorien der Antifeministen an.

1. Die Altgläubigen.
2. Die Herrenrechtler, zu denen ich die Charakterschwachen und die Geistesdürftigen zähle.
3. Die praktischen Egoisten.
4. Die Ritter der *mater dolorosa*. (Unterabteilung: die Jeremiasse, die auf dem Grabe der Weiblichkeit schluchzen.)

Über die *Altgläubigen* ist nicht viel zu sagen. Die Majorität aller Menschen gehört zu ihnen. Diese Vielen nennen die Gewohnheit ihre Amme, die sie von der Wiege bis zum Grabe sicher nährt. Die Altgläubigen sind diejenigen, die den Gedankeninhalt vergangener Jahrhunderte für alle Ewigkeit festzuhalten für ihre Pflicht erachten. Zum eisernen Bestand ihrer Argumentation gehört der liebe Gott und die Naturgesetze. In dem Jahrhundert der Naturwissenschaften, an deren Spitze die *Entwicklungslehre* steht, steifen diese Orthodoxen sich auf geoffenbarte Heiligkeiten und auf Naturgesetze, die die Wissenschaft nicht kennt. Ihr Hauptgrundsatz: Weil es immer so war, muss es immer so bleiben. Sie treiben einen Gedanken-Ahnenkultus, die Taktik jener alten Spanier befolgend, die den toten Cid, aufrecht aufs Pferd gebunden, mit in die Schlacht führten, um mit dem *Glauben* an seine siegende Kraft den Feind zu schlagen.

Das Licht mancher Gestirne braucht Jahrhunderte, ehe es in unsern Sehkreis gelangt. Die Bewohner (wenn es solche gibt) unermesslich weitentfernter Sterne würden vielleicht heutigen Tages – wenn ihre Augen oder Fernrohre bis zu uns reichten, Plato oder Christus über die Erde wandeln sehen.

Analoges im Geistesleben. Die Rückwärtsglaubenden sehen heut noch auf Erden Zustände, wie sie vor Jahrhunderten waren.

Über Institutionen, mögen sie durch Jahrhunderte oder Jahrtausende sich bewährt haben, wächst allmählich die fortschreitende Entwicklung hinaus. Ihr Inhalt schwindet. Aber durch lange Zeiträume hindurch erhalten sich noch die Formen, die keinen Inhalt mehr haben, und wirken fort. Nietzsche drückt das poetisch aus: »Buddha ist tot, aber wir müssen noch seine Schatten besiegen.«

So ist z.B. der Polterabend die letzte Reminiszenz des anfänglich wirklichen, später symbolischen Frauenraubes, der mit ungeheurem Getöse vor sich ging.

In der psychischen wie in der geistigen Welt ist alles in unaufhörlicher Bewegung. Kein Zustand ist bleibend, keine Substanz fest.

Und das ist der ungeheure Irrtum der Altgläubigen, dass sie sich diesem Gesetz der Bewegung verschließen.

Die Zeit ist unwiederbringlich hin, wo Königinnen und ihre Töchter spannen und webten und aufstehen mussten, wenn ein Mann ins Zimmer trat. Und nun zerbröckelt auch langsam das Palladium der Antifeministen, die fünf inhaltsschweren Worte: *die Frau gehört ins Haus.*

Die *Herrenrechtler* unterscheiden sich von den Altgläubigen dadurch, dass sie weniger Gewicht auf den lieben Gott und seine Offenbarungen, als auf die realen, praktischen Unmöglichkeiten legen, die sich der Frauenemanzipation entgegenstellen. Sie pochen mehr auf *ihre* Rechte als auf die himmlischen.

Ich war an einem Sylvesterabend Ohrenzeuge, als so ein Herrenrechtler (er braute noch am Punsch) seine Frau, die mit dem Glockenschlag zwölf »Prosit Neujahr!« rief, zur Ruhe wies mit den Worten: »Ich habe hier zu bestimmen, wann Mitternacht ist.«

Der Herrenrechtler weigert dem Weib das Bürgerrecht, weil es als Weib und nicht als Mann geboren wurde.

Ach Gott, sie sollten doch mit ihrer Männlichkeit nicht so protzen. Wer weiß, ob nicht am Ende die ganze kleine Menschheit, wir Erdbewohner alle, nur Parias der Weltschöpfung sind, gegenüber anderen Geschöpfen auf höheren Sternen. Das Märchengedicht von der Riesentochter, die den pflügenden Bauer samt seinem Gespann für ein niedliches Spielzeug auf Rädern hält, das sie in ihrer Schürze mit nach Hause trägt, enthält eine hübsche, anregende Symbolik.

Der wirkliche Paria aber hatte gewiss auch Herrschergelüste und wollte wenigstens Oberparia sein, da machte er das Weib zum Unterparia.

Zu den Herrenrechtlern gehören die Charakterschwachen und Geistesdürftigen.

Die Charakterschwachen machen Front gegen die Frauenbewegung – aus Furcht. Sie haben immer Angst, von der Frau – besonders von ihrer eigenen – unterdrückt zu werden. Weil sie sich heimlich ihrer Schwäche bewusst sind, betonen sie bei jeder Gelegenheit ihre Oberhoheit.

Die Motive derer, die das Pulver nicht erfunden haben, liegen zutage. Wenn die Frau nicht dümmer wäre als sie, wer wäre es denn?

Wenn der arme Schlucker auch von allen Männern über die Achsel angesehen wird, als Mann steht er doch über der größeren Hälfte des Menschengeschlechts – über den Frauen. Da spielt er die erste Geige, die eigentlich eine Pfeife ist, nach der das Weib zu tanzen hat. Er, der an Geist zu kurz Gekommene, ist es, der des Weibes völligen Mangel an Logik fett unterstreicht, mit dem triumphierenden Ausdruck, als plausche er lebenslang in logischen Wonnen.

9

Sein schönes Bewusstsein als Mann gleicht dem des Ariers dem Juden gegenüber. Ist er auch nichts, aber gar nichts anderes als ein Arier, so ist er doch wenigstens kein Jude, und er darf im Hinblick auf die hebräische Hakennase, auf seine Vivatnase (natürlich nur wenn er sie hat) stolz sein.

Die Herrenrechtler sind die Spottlustigen im Lande der Reaktion.

In einem Aufsatz, der mir vorliegt, malt so ein hoher Herr die Zeit aus, wo der Mann verdammt sein werde den Kochlöffel zu führen und die Kinder zu wiegen. Spaßig.

Ein Anderer vertraute mir einmal, er würde sich nie mit einer Ärztin verheiraten, aus Angst, sie könnte eines Tages seinen Gänsebraten mit einem Skalpell tranchieren. Ulkig. Ich riet ihm Vegetarier zu werden.

Und wollt Ihr wissen, wie der Herrenrechtler großgezogen wird?

Ich weiß ein Lied aus dem Büchelchen »Kinderwelt«, das ich unlängst in den Händen meiner kleinen Enkelin fand.

> Jungen und Mädchen
> *Müller, Müller, mahl er!*
> *Die Jungen kosten 'nen Taler,*
> *Die Mädchen kosten 'nen Taubendreck,*
> *Die schupst man mit den Beinen weg.*
>
> *Müller, Müller, mahl er!*
> *Die Mädchen kriegen 'nen Taler,*
> *Die Jungen kriegen 'n Reiterpferd,*
> *Das ist wohl tausend Taler wert.*

Der Herrenrechtler lacht.

Ich nicht.

Kürzlich fiel mir eine Schrift in die Hand, in der ein Herrenrechtler sich lustig macht über die Frauenversammlungen, die, gleich den Parlamenten, als Rechte und Linke mit einander streiten.

Man braucht gerade kein Denker zu sein, um bemerkt zu haben, dass bei jeder sozialen oder politischen Bewegung eine Rechte und eine Linke sich bildet, – nicht als ein unvermeidliches Übel, sondern als ein notwendiger Faktor, ein Perpendikel, das in dem Uhrwerk der Kultur ein Vorgehen oder Nachgehen verhütet. Die Rechte im Parlament, ohne die Linke gedacht, würde einer chinesischen Mauer gleichen, undurchlässig für jede soziale Neugestaltung. Der Linken gegenüber verhütet die Rechte unter Umständen, dass Früchte vom Baum der Kultur gepflückt werden, ehe sie reif sind. Wenn also eine Frauenbewegung überhaupt zu existieren sich erlauben darf, so ist nichts einfacher und natürlicher, als dass alle Meinungsschattierungen eines rechten und linken Flügels in ihr zu Tage treten.

In der heutigen Frauenbewegung vertritt die Rechte die praktische Seite, das augenblicklich Erreichbare. Die Linke zeigt die Ziele der Bewegung in der Zukunft.

»Eine *theoretische* Leistung ist um so besser, je vollständiger sie alle, auch die letzten und entferntesten Konsequenzen des in ihr entwickelten Prinzips zieht. Eine *praktische* Leistung ist um so mächtiger, je mehr sie sich auf den ersten Punkt konzentriert, aus dem alles weitere folgt.« (Lassalle.)

Der *praktische Egoist* betrachtet die Frauenemanzipation vom Standpunkt der Vorteile oder Nachteile, die ihm daraus erwachsen könnten. Er – der Geschäftsantifeminist – fürchtet von ihr die Konkurrenz beim Broterwerb, sieht aber zugleich in der Erwerbsfrau die Zerstörerin seiner häuslichen Behaglichkeit.

Was? sie will Griechisch oder Mathematik treiben? Wozu? was habe ich davon?

Freilich – indessen – eine Entlastung von unversorgten Tanten, Schwägerinnen, Cousinen und sonstigem Parasiten-

volk ist auch nicht ohne. Eröffnen wir ihr also so viel Erwerbs-
quellen, als zur Sicherung unseres Geldbeutels dienen.

Der typische Fall eines solchen Egoisten schwebt mir
vor. Ein alter Dichter war's, – er ist nun lange tot – der durch
seine begeisterten patriotischen Gesänge sich Freunde und
Bewunderer erwarb, und der außerdem den Ruf eines edlen
und reinen Menschen genoss. Das stimmte vielleicht bis zu
dem Punkt, wo das Weib in Frage kam. Er hatte eine Frau
und zwei Töchter. Die ältere war ein ungewöhnlich begab-
tes und reizvolles Geschöpf. Dienstboten um sich zu sehen,
hätte die feinen Nerven des Dichters verletzt. Auch glaubte
er bei seinen geringen Mitteln das Geld besser zum Ankauf
von Büchern als zur Entlohnung von Dienstmädchen
anwenden zu können.

Er ließ die Töchter nichts lernen. Die drei Frauen bildeten sein Dienstpersonal und verrichteten jedwede Arbeit im
Hause, auch die niedrigste. Jahre nach dem Tode des Dichters sah ich die begabte Tochter einmal wieder: ein küm-
merliches, verhutzeltes Weibchen, die sich mühselig mit der
Unterstützung früherer Freunde ihres Vaters durchbrachte.

Ich hasste diesen alten Dichter mit dem rosigen Gesicht,
den blauen, treuen Augen und der hohen Dichterstirn.

Die *Ritter der mater dolorosa* gebärden sich teils als
Schutzengel, die ihre Götterhände über das gequälte Weib
halten, teils als Cerberusse, die der Unberufenen, die sich in
ihr Gehöft wagt, gefährlich die Zähne zeigen.

Zur Illustrierung dieser Gruppe werde ich hervorragende
Vertreter derselben wählen und meine Ansichten an ihre
Auffassungen der Frauenfrage knüpfen.

Trotzdem wird man mir vorwerfen, ich hätte Nichtigkei-
ten aus unbeträchtlichen Schriften beigebracht, die keiner
Widerlegung wert wären. die Tatsache ist richtig, der Vorwurf unverdient. Es wäre mir recht gewesen, gewichtigere
Gründe bekämpfen zu dürfen. Nichts hätte mir ferner gele-

gen, als sie unterschlagen zu wollen. Ich habe keine solchen Gründe gefunden, nie und nirgends.[1]

Man nenne mir den Schriftsteller, das Buch, die Broschüre, das die Gegnerschaft mit Geist, Logik und Gerechtigkeit vertritt, und ich will es eifrig und vorurteilslos studieren.

---

[1] Den einzigen Einwand, der nicht ohne weiteres von der Hand zu weisen ist, und der auf der Mutterschaft beruht, werde ich an anderer Stelle ausführlich behandeln.

Zwei Altgläubige

(Als Illustrationsprobe)

1. Ein Amazonentöter

Die Kampfesart unserer Gegner hat naturgemäß im Lauf der Jahrzehnte ihre Physiognomie geändert. Fern liegt die Zeit, wo die ersten Symptome der Bewegung mit gröbsten Späßen, gelegentlich auch mit Zoten – abgefertigt wurden. Ich will nicht auf Hans Sachs zurückgreifen, der empfiehlt, ungehorsame Weiber windelweich zu prügeln. Aber auch noch vor 25 Jahren deckten hervorragende Wissenschaftler ihren Bedarf an Gründen mit Harlekins-Einfällen. Man nahm eben die Sache noch nicht ernst.

Wie man damals argumentierte, möchte selbst unsern heutigen Gegnern ein Lächeln abgewinnen. Jene Amazonentöter, die vor 25 Jahren an der Spitze unserer Gegner standen, dürften heut kaum noch im Train mitmarschieren.

Ich kann mir nicht versagen, dem Leser eine kleine Blütenlese aus dem dicken, dicken Buch eines solchen altgläubigen Gelehrten zu bieten.

Der heitere Herr ist nicht der erste beste. Auf dem Titelblatt lesen wir: »Doktor der Medizin und Chirurgie, legaler Direktor der L. L. Akademie, Mitglied gelehrter Gesellschaften u.s.w.« Und wir lesen, dass dieses Mitglied in sechs Sprachen 284 Bücher studiert hat, um die Hinrichtung der weiblichen Revolutionshorde gründlich besorgen zu können.

Ich nenne seinen Namen nicht. Ich bin zwar nicht Spiritistin genug, um an die Rachegeister Verstorbener zu glauben, aber – man kann nicht wissen.

14

Jedenfalls muss der Anazonentöter in der litterarisch wissenschaftlichen Welt in hohem Ansehen gestanden haben. In den verschiedensten Büchern habe ich ihn als beweiskräftigen Gewährsmann zitiert gefunden.

Ein Kapitel des Buches ist den Verbrechen der Frauen gewidmet. Er weiß ein Heilmittel gegen diese Kalamität: »Zur Verhütung des Verbrechens bei den Frauen gehört *weiter nichts* als die Schaffung natürlicher Lebensverhältnisse, die Beseitigung von Elend und Üppigkeit, von Emanzipation und Sklaverei, von Verwahrlosung und raffinierter Hyperzivilisation.«

Weiter nichts??

Könnte nicht auch die Männerwelt von diesem Heilmittel profitieren? Ja, täusche ich mich, oder wäre mit der Anwendung dieses Mittels (wo ist die Apotheke, in der es hergestellt wird?) nicht überhaupt die ganze, große soziale Frage mit einem Schlage gelöst?

Von der physischen Natur des Weibes.

Er führt die Phrenologie ins Gefecht. Absehend von der Gepflogenheit, Herz und Gehirn zu prüfen, prüft er nur Stirn, Augen, Nase, Haar der Frau.

»Es bekümmert ihn, dass bisweilen auch bei Frauen eine senkrechte Stirnfalte vorkommt, die bekanntlich Denkkraft und Energie bekundet.« Denkkraft und Energie! die Kainszeichen der Emanzipierten! Ihn überläuft eine Gänsehaut.

Gott sei Dank, kann die ominöse Stirnfalte beseitigt werden. »Solche Frauen können mit Liebe und Gemütsruhe leicht regiert, und es kann die Tiefe ihrer senkrechten Stirnfalten immer mehr vermindert werden.« Wir atmen auf.

Die Augen der Frau. »Feinfühlende, gemütvolle Frauen haben nicht einerlei Farbe der Augen (ach!) sondern es kommen deren Augen mehr in Form und Glanz überein.« Ja?

Die Nase. »Der Mann mit wohlgeformter Nase soll eine Frau mit gleicher oder ähnlicher Nasenform sich wählen, (wäre dem Mann mit missgeformter Nase nicht erst recht eine Frau mit schöner Nase vonnöten, schon der armen Kinder wegen?) damit die gegenseitige Verständigung größer, das Leben somit glücklicher, gemütlicher werde.«

Die Ehefrage eine Nasenfrage! Der Herr hat Cyrano von Bergerac vorgeahnt, dem die Nase das Herz brach.

Die Sache ist aber wieder gar nicht so schlimm. Das Mitglied gelehrter Gesellschaften weiß das Heilmittel gegen weibliche Nasenentartung. Er weiß, wie »jene Konstitution des weiblichen Geschlechts sich erzielen lässt, die teilweise (vorsichtig dieses »teilweise«) durch eine gut oder schön geformte Nase sich ausdrückt, nicht nur durch passende Auswahl des Ehegatten, sondern auch durch Tilgung von Elend, Roheit, Sittenlosigkeit, durch Bannung der Üppigkeit, Schwelgerei und Ausartung.«

Ja, banne du nur!

Man sieht, es ist dasselbe Heilmittel wie gegen die Verbrechen der Frau.

Das Haar. »Im allgemeinen entscheidet die Farbe des Haupthaares noch nicht darüber, (also doch zuweilen?) ob man es mit einer guten oder bösen, nobel oder pöbelhaft angelegten Weibsperson zu tun habe, aber man kann immerhin annehmen, dass die Heftigkeit in Produktion von Gedanken, Gefühlen, Trieben, Leidenschaften (sind das gute oder pöbelhafte Qualitäten?) mit dem Dunklerwerden des Haares wachse, dass im großen und ganzen die dunklen mit rasch dahinbrausenden, die hellen mit langsam fließenden Gewässern verglichen werden können.«

Seite 126 aber desavoniert Seite 123: »Ein Weib mit schwarzem Haar pflegt mächtige Leidenschaften zu beherbergen. Man darf indessen nicht glauben, dass die Leidenschaften gerade mit dem Hellerwerden des Kopfhaares sich vermindern.« Wo in aller Welt kommen denn nun all die weiblich sanften Frauen her, die doch ihren Geschlechtscharakter repräsentieren sollen!?

16

»Weichheit des Haares«, fährt er fort, »gehört entschieden zu den Zeichen der Weiblichkeit, und ein gefühlvoller, naturfrischer Mann wird zumeist instinktmäßig eine Frau mit weichem Kopfhaar sich erwählen.«

Wie aber kommt der Mann hinter die Beschaffenheit des Haares? Ein Spielen mit den Locken unbescholtener Jungfrauen ist für junge Männer nicht statthaft, und sich hinter den Friseur des Fräuleins zu stecken, ist teils wenig *gentlemanlike*, teils haben die Fräuleins gar keinen Friseur.

Fein zieht sich der Gelehrte aus der Klemme. »Instinktmäßig« erkennt der gefühlvolle, naturfrische Mann die Qualität des weiblichen Schopfes.

Ein Bedenken! Könnte es nicht vorkommen, dass ein lieblich Kind in all seiner Unschuld die strafbaren Borsten des Vaters ererbte? Müsste nicht mithin, um beglückende Ehen zu erzielen, den Männern mit struppigem Haarwuchs die Ehe verboten werden? Und müsste nicht ein gleiches Verbot an alle melancholischen Väter ergehen? Der Autor nämlich hält es »für eine der wichtigsten Aufgaben der Nationalerziehung, das melancholische Temperament, insbesondere bei Frauen immer mehr und mehr auszutilgen.«

Wie wär's, wenn dieser heitere Herr, bei dem das melancholische Temperament bereits ausgetilgt ist, mit einem Federstrich die Vererbung für null und nichtig erklärte? Es kostet ihm ja auch nur einen Federstrich, der Frau den Verstand fortzudekretieren.

Und hiermit wären wir von dem Exterieur zum Interieur der Frau gelangt, und können dem Sturmlauf des Akademie-Direktors gegen den Verstand der Frau beiwohnen. »Das Weib urteilt nur auf Grund von Schein und Schale … Bei denkkräftigen Männern werden die Ergebnisse ihres Nachdenkens weder durch das Gemüt beeinflusst noch erschüttert. (Diese Gletscher!) Frauen werden nie im stande sein, die Gedanken von der Herrschaft der Gefühle auch nur für Augenblicke zu befreien« u.s.w. Als mildernder Umstand für das, was der Amazonentöter sagt und nicht sagen sollte, mag gelten, dass es einsichtslose Mütter gibt, die sich nicht scheuen ihre geistige Geringfügigkeit auf die Söhne zu vererben.

»Während in dem männlichen Gehirn das Wahrgenommene sich mehr seiner Innerlichkeit nach ausdrückt, beschäftigt sich das Weib fast ausschließlich mit dem äußeren Kern, mit Kleidungsstücken, Haartracht, Ringen, Uhrketten und anderen langweiligen Anhängseln.«

Ob der Herr seine Frauenkenntnis den Gefilden von Neuseeland und Zentralafrika verdankt? Nein, denn er fährt fort: »Alle gesitteten Länder zusammengenommen, kann man sagen, dass den Frauen aller Stände mit wenigen Ausnahmen, ein Mann mit großen, goldenen Achselstücken und großer Feldschärpe (die Portiers vor den Palästen z.B.) weit lieber und willkommener sei, als der beste und edelste Philosoph von Weltruf.«

Dass er eben erst die Innerlichkeit des Mannes auf den Schild erhoben, hindert ihn nicht, gleich darauf zu behaupten: »Zahllos sind die Jungfrauen und Weiber, welche guter Wahl von Kleidungsstücken und Putzsachen die Eroberung von Ehegatten verdanken, von Anbetern, deren Feuer manchmal in geradem Verhältnis steht zu dem Putz der Herzensdame.« Na, er muss es ja wissen als Mann.

Bildung der Frau. »Alle Geistesbildung der Frau muss auf Tugend hinauslaufen, und darf Weisheit nicht erzielen wollen.«

Weisheit als Gegensatz der Tugend! Heiliger Sokrates.

Auf eine Tugend, die goldene Achselstücke dem edelsten Menschen vorzieht, – mit Erlaubnis – pfeife ich.

Aus dem Kapitel der Liebe. »Frauen sind mehr unglücklicher Liebe zugänglich als der Mann.« Der heitere Herr hält das Universalmittel bereit.

»Das Weib muss so erzogen werden, dass unglückliche Liebe verhängnisvolle Wirkungen nicht auszuüben vermag ... Hierzu gehören feste Grundsätze, es gehört dazu jene wahre Moral der Selbstlosigkeit, der Einsicht, der Verzeihung und der Herzensgröße, welche allein imstande ist, Schmerzen zu stillen und den Verstand vor Verwirrung zu bewahren.«

Wie wär's, wenn man die Erreger der unglücklichen Liebe in den Zivilstand versetzte, sie der goldenen Achselstücke und der großen Feldschärpe beraubte, womit ihnen der Boden für das Brechen weiblicher Herzen entzogen würde.

»Um mehr legitime Ehen zu erzielen, muss man den Geschlechtstrieb eng an den Heiratstrieb knüpfen.«

Ja, knüpfe Du nur!

Gibt's überhaupt einen Heiratstrieb?

Er bleibt uns diesmal das Heilmittel schuldig. Da wüsste ich nun wieder eins: eine solide Mitgift und die Knüpfung der beiden Triebe ginge glatt von statten.

Vom *Sterben der Frau*. Er führt einen Schriftsteller (Sauvergne) an, der da sagt: dass die Frauen im allgemeinen besser zu sterben wissen, als die Männer.

»Ohne Zweifel, weil ihre geistigen Fähigkeiten insofern unvollständiger sind, als ihnen das Vermögen abgeht, so wie wir trostlose Theorieen über die Zerstörungen des Organismus auszuspinnen.«

Ein schöner Gedanke des Mannes, der in sechs Sprachen 284 Bücher studieren musste, um ihn zu fassen, während die Sache sich doch so einfach mit einem Witz – ich greife ihm damit unter die Arme – erledigen ließe: Sie geben eben ihren Geist so leicht auf, weil sie nur ein Minimum davon haben.

Sollte man nicht meinen, dass umgekehrt die Herren Sterbenden vom starkgeistigen Geschlecht dem Tod gegenüber mehr Fassung zeigen müssten, als die ganz von Gefühlen beherrschten Weiber, die »jenes Nachdenkens, das beruhigend auf das Gemüt wirkt, nicht fähig sind?«

Er fühlt wohl selbst die Schwäche seiner Begründung, denn er setzt hinzu, dass das Sterben den Frauen leichter wird, weil »eine Menge von Genüssen, die den Frauen versagt sind, es mit sich bringen, dass wir (die Männer) einen größeren Wert auf das Leben legen.«

Ist dieser Mann materiell! Und hat er da nicht ein wenig aus der Schule geplaudert? Den Frauen einreden, dass im Vergleich zu dem schweren Los der Männer das ihrige wonnig sei, wäre schlauer gewesen.

Übrigens an die Menge der Genüsse, die den Millionen sterbender Proletarier das Ableben erschweren sollen, glaube ich nicht.

Überhaupt, warum glaubt er denn dem Herrn Sauvergne? vielleicht ist die ganze Sache nicht wahr.

Einmal aber schwillt dem Akademie-Direktor die Zornesader. Er geht ordentlich ins Geschirr. »Wollten die Weiber der Gegenwart doch ihre Kinder lieber mit Idealen erfüllen, anstatt blödsinnig nach Emanzipation zu schreien.«

Wenn er uns nur sagen möchte, wo die Frauen, denen Männer mit goldenen Achselstücken und großer Feldschärpe weit lieber und willkommener sind, als die besten und edelsten Philosophen von Weltruf, die Ideale zur Füllung ihrer Kinder herbekommen sollen? besonders, wenn die Väter der Kinder so materiell sind, dass sie wegen der vielen Genüsse, die ihnen das Leben bietet, nicht sterben wollen.

Die Ideal-Füllung wird wohl erst zu bewerkstelligen sein, wenn die Emanzipation das Entzücken des Weibes an goldenen Achselstücken, Uhrketten u.s.w. gedämpft haben wird.

Ich habe nie begreifen können, warum gerade diejenigen Männer, die der Frau am energischsten den Verstand absprechen, ihr am eifrigsten die Erziehung der Kinder aufhalsen.

Jedoch, der Charakter des Weibes ist der Aufbesserung fähig. »Vortrefflich wird der Charakter der Frauen, wenn eine schöne und beglückende Religion die Keime der

Nächstenliebe in alle Herzen legt, wenn die Hervorragenden und Mächtigen die edlen Triebe des Gemüts entwickeln, und alles pflegen, was das Leben verschönt, verbessert und versüßt.«

Weiter nichts? Mehr könnte auch die radikalste Emanzipierte nicht verlangen, als dass man alles in ihr pflege und entwickle, was ihr Leben verschönt, verbessert und versüßt.

Ob nun aber auch wirklich die Hervorragenden und Mächtigen den Anzapfungen des heiteren Herrn folgegebend, alle edlen Triebe der Gemüter entwickeln werden? Leider haben die hervorragenden und Mächtigen so viel anderes zu tun, und ich fürchte, seine Heilmittel, die er aus Arkadien und Umgegend bezogen, – dürften in absehbarer Zeit nicht nur keinen Hund vom Ofen locken, sondern auch nicht die kleinste Emanzipierte in den Schoß der allein seligmachenden Küche zurücklocken.

Ich grolle dem heiteren Amazonentöter nicht. Ich wünsche ihm nicht einmal, dass er sich im Grabe umdrehen möge, angesichts der bedeutenden Fortschritte, die die Frauenfrage in den letzten Dezennien gemacht hat.

2. Nietzsche und die Frauen

Von dem heiteren Herrn zu Nietzsche ist zwar mehr als ein Schritt, es ist sogar ein ungeheurer Sprung; ich tue ihn, obwohl ich ihn nicht tun sollte. Sich kritisierend an flüchtige Schatten zu heften, die über ein Sonnenbild huschen, erscheint grobsinnig, engherzig.

Würde es aber auf der anderen Seite nicht wie eine unredliche Taktik zugunsten der Frauenbewegung erscheinen, wollte ich die absolute Gegnerschaft erlauchter Geister verschweigen? Und Nietzsche gehört zu den Orthodoxen in der Frauenfrage.

Dass mittelmäßige oder untergeordnete Köpfe über Frauen Urteile ohne Weisheit und Tiefe abgeben, ist nicht wunderbar. Woher aber die phänomenale Erscheinung, dass selbst vornehme, kühnste Denker, sobald sie die Feder zur Frauenfrage ergreifen (warum tun sie es nur?), eine Pause für den Kopf machen und mit Gefühlen, Instinkten, Intuitionen, ewigen Wahrheiten jonglieren? Aller Logik, Wissenschaftlichkeit und Gewissenhaftigkeit bar, bummeln sie fahrlässig auf einem Gedanken-Trödelmarkt umher und bieten alten Plunder, den sie irgendwo billig aufgelesen, feil, obwohl sich das nicht im geringsten für sie ziemt, sogar äußerst unvorsichtig ist. Denn, begegnen wir ihnen dann wieder auf ihrer Sonnenhöhe, so misstrauen wir der Weisheit Derer, die uns einmal Schundware verkauft haben, und wir sind unsicher: hatte sich Zeus damals als Trödler verkleidet oder tront nun der Trödler, als Zeus verkleidet, im Olymp?

Man sagt, jeder Mensch berge in seinem tiefsten Innern eine Gespensterkammer. Wie es scheint, machen auch die Genialsten davon keine Ausnahme; und nicht in der Geisterstunde, nein, in ihren nüchternsten Stunden öffnen sie diese Schreckenskammern und hinaus schlüpft allerhand Spuk: die Bodensätze und Niederschläge alter Denkbarbareien, die verkrochen in Gehirnfalten, nun gelegentlich zum Vorschein kommen.

Von den beiden modernen Dichtern, die sich in der Weibverachtung besonders leistungsfähig erwiesen, halte ich Guy de Maupassant für ein Genie, Strindberg beinah auch. Ihr Gespenst ist ein Rachegeist. Diese, ganz der Erotik verfallenen Dichter nehmen ihre Rache an den Teufelinnen, von denen sie zugrunde gerichtet wurden. Wie solche Gespensteransiedelungen in den geistvollsten Köpfen Platz haben, ist auch an Maupassants Preußenhass ersichtlich. In einigen seiner Novellen schildert er die preußischen Offiziere als sittlich und geistig dem Kaliban ähnliche Bestien. Die Preußen haben ihm etwas getan. Sie haben sein Vaterland zerstückelt. In die Hölle mit ihnen. Die Frauen haben ihm auch Etwas getan. Sie haben ihm Seele und Leib verdorben. In die Zoologie mit ihnen! (Nietzsche nennt die Frauen wunderlich wilde, oft angenehme Haustiere.)

In der Geschichte »Toll« verflucht Maupassant das Weib. Sie ist treulos, viehisch, schmutzig. Sie ist die Bestie im Menschen. Aber er, der Held, er keucht wie ein Sklave unter dem Zwang, den ihr Anblick auf ihn übt, und er muss ihr gehören, ihr immerdar, der Viehischen, Schmutzigen. Schließlich erschießt er sie, nicht, weil sie eine Bestie ist, sondern weil die Bestie ihn nicht mehr liebt. Giebt es nur *eine* Bestie in der Novelle?

Ebenso schilt, verabscheut, verflucht Strindberg das Weib. Er gibt ihm alle erdenklichen Ekelnamen; aber alle seine Schriften triefen von Erotik und seine interessanten Helden sind gänzlich diesen ekelhaften Geschöpfen verfallen, – in voller Erkenntnis ihrer Ekelhaftigkeit. Strindberg unterscheidet sich aber dadurch von Maupassant, dass seine Bestien die Männer töten, während Maupassants Bestien von ihren Liebhabern getötet werden. Sie fluchen der Teufelin »Weib«; macht die Teufelin aber Anstalt, sich in eine Bürgerin zu verwandeln, so rufen sie schleunigst und inbrünstig die Teufelin zurück.

In der »Fröhlichen Wissenschaft« sagt Nietzsche: »Der Mann macht sich das Bild des Weibes und das Weib bildet sich nach diesem Bilde.«

Wie wahr! Wie wahr!

Ihre Erfahrungen berechtigen Männer wie Strindberg und Maupassant zu ihren Urteilen? Aber uns berechtigen ihre Erfahrungen, ihnen Schweigen anzuraten, – um ihretwillen. Sie sehen vor lauter Dirnen das Weib nicht. Ich wittere immer, wenn Männer, die mit normalen, guten Frauen nicht verkehren, sich so feindselig dem Geschlecht gegenüber verhalten, etwas widrig Unkeusches, krankhaft Sexuelles hinter ihren Flüchen, – besonders, wenn es Dichterflüche sind.

Den Grund aller Gründe aber für die erwähnte Geistesabnormität liefert uns Nietzsche selbst. Er, der so geistlos über die Frauen redet, begründet seine Geistlosigkeit mit so viel Geist. In der »Morgenröte« heißt es: »Auch große Geister haben nur ihre fünffingerbreite Erfahrung; gleich daneben hört ihr Nachdenken auf und es beginnt ihr unendlich leerer Raum und ihre Dummheit.« Wie wahr! Wie wahr!

Schopenhauer und Nietzsche sind die vornehmsten, tiefsinnigsten unter unseren Gegnern. Aus der Biographie seiner Schwester (an deren absoluter Gewissenhaftigkeit nicht zu zweifeln ist) dürfen wir schließen, dass Nietzsche niemals intime Beziehungen zu Frauen gehabt hat. Nur in den Briefen, die er an Lou Andreas-Salomé richtet, klingt etwas von einer Seelengemeinschaft mit einer fast zärtlichen Gemütsbeteiligung durch. Aber auch diese Beziehungen haben, wie Elisabet Förster berichtet, nur wenige Monate gedauert. Sein Freundschaftsverhältnis zu Malvida von Meysenburg (ich habe nicht den Eindruck, dass es tief in seinem Gemüt wurzelte) trug den Charakter der verehrungsvollen Sympathie eines jungen Mannes für eine mütterlich um ihn sorgende Greisin. Seine Berührungen mit anderen weiblichen Wesen waren so flüchtiger, oberflächlicher Art, dass davon zu sprechen keine Veranlassung vorliegt. Trotzdem fällt er mit apodiktischer Sicherheit seine Urteile über »das Weib an sich«.

Ich las, was er über die Frauen geschrieben, mit Bestürzung, tiefem Erstaunen. Verhüllten Hauptes hätte ich aufweinen mögen: »Auch Du, mein Sohn Brutus!« Ein Schauder fasste mich, wie wenn plötzlich aus der erhabenen Schönheit des Ozeans ein Missgebilde sich reckt.

Nietzsche, der geniale, erschütternde Dichter, ist zugleich ein glühender Denker. Seine Gedanken, die so oft mit haarscharfen, goldenen Pfeilen ins Herz der Dinge treffen, die sonnengleich Welten erleuchten oder sturmartig wie Donner des Zeus dahinrauschen, – die Gedanken dieses Genius bewaffnen sich gelegentlich mit Keulen zur Abwehr gegen die Frauen. War es »Schopenhauer als Erzieher«, dessen Suggestion er noch unterlag, als er über »Das Weib an sich« schrieb? Oder widerte ihn die Frauenbewegung an, weil sie allzu zeitgemäß war und er nur das »Unzeitgemäße« schätzte und überschätzte? Fast scheint es so. »Nichts«, sagt Lou Salomé, »ist ihm pöbelhafter, unvornehmer als das werdende und die Bringer des werdenden und neuen: der moderne Mensch und der moderne Geist.« Möglich auch, dass dieser große Dichter, dieser Seelenproteus, wenn sein psychisches Leiden nicht verhältnismäßig früh seiner Denkkraft ein Ziel gesetzt hätte, noch zu ganz anderen Resultaten in der Frauenfrage gekommen wäre. Denn er war immer ein großer Widerrufer im Streit.

Damit man mir nicht vorwerfe, dass ich in den Fehler unserer Gegner verfalle, die behaupten, ohne zu beweisen, will ich kurz die Kernsätze zitieren, in denen Nietzsche zusammenfasst, was das Weib will und was es soll. Die Quintessenz findet man in »Jenseits von Gut und Böse« auf den Seiten 181 bis 189. Da liest man: »Ihr erster und letzter Beruf soll sein, Kinder zu gebären« (nicht ganz neu); und weiter: »Ein Mann, der Tiefe hat, kann über das Weib nur orientalisch denken, … er muss das Weib als Besitz, als verschließbares Eigentum, als etwas zur Dienstbarkeit Vorherbestimmtes auffassen … Er muss sich hierin auf die ungeheure Vernunft Asiens stellen.« Und an einer anderen Stelle: »Die asiatischen Denker haben die allein richtige Auffassung des Weibes.«

Nietzsche plaidiert für den Harem! Diese knabbernde, schmatzende, klatschende, wie mit dem Mauerpinsel angestrichene, glitzernd aufgeschirrte Haremsware – Resultate der männlichen Erziehung und der »ungeheuren Vernunft Asiens« – das Ideal des Frauentumes!? Glaubt Nietzsche wirklich, dass das Haremsweib »der Bogen ist, dessen Pfeile auf den Übermenschen zielen?« einfach ausgedrückt: dass sie die geeignetste Gebärerin für den Übermenschen ist? Und die Vererbung?

Vielleicht aber ersinnt ein anstelliger Kopf (ein männlicher natürlich) ein physiologisches Gesetz, kraft dessen die der Schaffung des Übermenschen widerstrebenden Eigenschaften der Frau sich nur auf die Töchter vererben. Eine solche Behauptung wäre nicht überraschender als viele andere Spaßhaftigkeiten, die unsere Gegner aushecken.

»Entweiblichung« nennt Nietzsche das »Täppische und entrüstete Zusammensuchen des Sklavenhaften und Leibeigenen, das die Stellung des Weibes in der bisherigen Ordnung der Gesellschaft an sich gehabt hat und noch hat. »Als ob Sklaven ein Gegenargument und nicht vielmehr eine Bedingung jeder höheren Kultur sei.«

Möglich. Vom Standpunkt des Sklavenhalters gewiss. Aber die Sklaven? Kann man es ihnen verargen, wenn sie anders darüber denken?

Die Frau soll verschließbares Eigentum sein. Sie will nicht. Ich kann nicht finden, dass sie – wie Nietzsche meint – sich dieser ungeheuren Dummheit so sehr zu schämen hätte. Die Männer möchten auch nicht gern Eunuchen sein und doch gehört zum Harem (wahrscheinlich infolge der ungeheuren Vernunft Asiens) auch der Eunuche.

Es gibt auch bei uns viele Frauen, die eingeschlossener Besitz nicht für einen, sondern für alle Männer sind. Den Namen für diesen Harem unterdrücke ich.

Nachdem Nietzsche festgestellt hat, wohin die Natur das Weib weist, ergibt sich alles andere von selbst. Ihrem: »ich will, ich will nicht«, stellt er sein: »sie soll, sie soll nicht« entgegen. Sie will sich kultivieren, selbständig werden. Sie soll sich nicht kultivieren, soll nicht selbständig werden. Die Gründe? Weil sie dabei »entartet, zurückgeht«, ihre reizvoll weiblichen Eigenschaften verliert (auch nicht ganz neu) und die »Verhässlichung Europas« verschulden würde. Und diese reizvollen Eigenschaften? »Im Weib ist so viel Pedantisches, Oberflächliches, Schulmeisterliches, Kleinlich-Anmaßendes, Kleinlich-Zügelloses und Unbescheidenes versteckt« ... »Wehe, wenn es seine Klugheit und Kunst, die der Anmut, des Spielens, Sorge-Wegscheuchens, (wer verscheucht denn der Frau die Sorge? Oder hat sie keine?), wenn es seine feine Anstelligkeit zu angenehmen Begierden zu verlernen beginnt!« ... »Das, was am Weibe Respekt und oft genug Furcht einflößt, ist seine Natur ... seine echte, raubtierhafte, listige Geschmeidigkeit, seine Tigerkralle unter dem Handschuh, seine Naivetät im Egoismus, seine Unerziehbarkeit und innerliche Wildheit, das Unfassliche, Weite, Schweifende seiner Begierden und Tugenden.« (Diese Weiber sind wenigstens vielseitig.) »Wie? Und damit soll es nun zu Ende sein?« (infolge der Emanzipation.) »Und die Entzauberung des Weibes ist im Werke? Die Verlangweiligung des Weibes kommt langsam herauf?«

Womit ist's zu Ende? Mit den Tigerkrallen, den weiten, schweifenden Begierden, der innerlichen Wildheit, dem Egoismus? Würde es Europa wirklich so sehr verhässlichen, wenn einige dieser reizenden Eigenschaften zum Teufel gingen?

Und all diese entzückenden Qualitäten sind ja nicht einmal Original-Verdienste der Frauen. Lob und Preis dafür gebührt dem Manne. »Der Mann macht sich das Bild des Weibes und das Weib bildet sich nach diesem Bilde«. Wie wahr! Wie wahr!

Die Männer, die sie dabei (bei ihren Freiheitsbestrebungen) unterstützen, sind Flachköpfe, »Esel männlichen Geschlechtes, die das Weib bis zur allgemeinen Bildung, wohl gar zum Zeitunglesen und Politisieren (sogar bis zum Buch, heißt es an einer anderen Stelle) herunterbringen möchten. Hier und da will man selbst Freigeister und Litteraten aus den Frauen machen, als ob ein Weib ohne Frömmigkeit für einen tiefen und gottlosen Mann nicht etwas vollkommen Widriges oder Lächerliches wäre.«

Warum soll denn die Frau durchaus fromm sein, wenn der Mann unfromm ist? Nur um des Kontrastes willen? Ich möchte wissen, welches Vergnügen der Mann sich von ihrer Frömmigkeit verspricht; es müsste denn sein, dass, an ihrer geistigen Rückständigkeit seine eigene Riesenfortschrittlichkeit zu messen, ihm so viel Spaß macht; denn auf ihren Charakter scheint ja die Religiosität einen Einfluss nicht zu üben.

»Würde uns ein Weib festhalten können, dem wir nicht zutrauen, dass es unter Umständen den Dolch (darf es auch Vitriol sein?) gegen uns gut zu handhaben wüsste?

In der einen Hand Dolch oder Vitriol, in der anderen das Gebetbuch: so will Nietzsche das Weib. Und ihre wilden, schweifenden Begierden, die Tigerkrallen u.s.w. kann ich mir auch mit echter Religiosität nicht zusammenreimen. muss es sich denn aber reimen? Es reimt sich sogar sehr oft nicht. Es reimt sich auch nicht, dass die Natur der Frau zuerst die unerziehbare innerliche Wildheit verlieh und dieselbe Natur sie dann zu einem verschließbaren Eigentum des Mannes bestimmte. Nicht Explosionen zu befürchten?

Es reimt sich auch nicht, dass Nietzsche »Wehe« über das Weib ruft, das das »Fürchten« vor dem Manne verlernt. »Was am Weibe Respekt und oft genug *Furcht* einflößt, ist seine Natur« ... Und gleich darauf: »Mit *Furcht* und Mitleid stand bisher der Mann vor dem Weib, immer mit dem Fuß schon in der Tragödie, die zerreißt, indem sie entzückt.« Das Weib soll sich vor dem Manne, der Mann sich aber auch vor dem Weibe fürchten. Wäre es da nicht bequemer, wenn Beide abrüsteten, Mann und Weib, und versuchten, ohne Furcht, in Frieden und Freundschaft mit einander auszukommen?

Die flüchtigste Umschau in der gegenwärtigen Gesellschaft oder in der Kultur- und Litteraturgeschichte lehrt, dass es zu keiner Zeit die als Eigentum eingeschlossenen Frauen, die Frommen, die Unwissenden waren, denen die Männer huldigten. Im Altertum waren es die Hetären, die geistvollen, in Litteratur und Politik wohlbewanderten, denen die Männer ihre Gunst zuwandten. Ebenso geschah es in der Zeit der Fronde, im siebenzehnten und achtzehnten Jahrhundert (ich erinnere an die berühmten Salons des vorigen Jahrhunderts) und in der Zeit der deutschen Romantik. Die Erotik kam nicht zu kurz dabei. Und das sonderbarste: derselbe Mann, der jede Freidenkerin perhorresziert, der vor der »bis zum Buch heruntergekommenen Frau« drei Kreuze macht: die einzige Frau, die seinem Gemüts- und Geistesleben nahe gestanden hat, Lou Andreas-Salomé, ist eine der tiefsinnigsten und vornehmsten Schriftstellerinnen. Und auch seine alte Freundin Malvida von Meysenburg ist eine geist- und kenntnisreiche Schriftstellerin.

Es zwingt uns fast ein Lächeln ab, wenn Friedrich Nietzsche so überzeugt von den Tigerkrallen, von der »gefährlichen, schönen Katze Weib«, von ihrer unbezähmbaren Wildheit redet, – dieser keusche, frauenfremde Mann, der sicher nie die kleinste weibliche Tigerkralle an seinem eigenen Leibe gespürt, nie erfahren hat, wie diese raubtierartigen Kreaturen, gleich der Tragödie, »entzücken, indem sie zerreißen«. Vielleicht hat er gerade deshalb von ihnen geträumt, wie der Heilige Antonius von den verführerischen Teufelinnen: Halluzinationen einer zu großen Enthaltsamkeit.

Wo hat er seine Frauenstudien gemacht? Etwa in den Hospitälern auf dem Kriegsschauplatz im Jahre 1871, wo er als Krankenwärter neben so vielen Krankenwärterinnen tätig war? Hat er da der Frauen innerliche Wildheit, ihre raubtierhafte List, ihren Egoismus entdeckt? Oder hat er vor Paris die schöne Gelegenheit, das »Weib an sich« kennen zu lernen, versäumt?

»Das Weib will die Männer über ›das Weib an sich‹ aufklären. Was müssen diese plumpen Versuche alles ans Licht bringen … Das Weib soll nicht fortfahren, sich durch Aufklärung zu kompromittieren … *Mulier taceat de muliere.*« Gott sei Dank, dürften diese Selbstentblößungen keinen bedrohlichen Charakter annehmen, denn »das Weib will nicht Wahrheit. Was liegt dem Weib an Wahrheit! Nichts ist von Anbeginn dem Weibe fremder, widriger, feindlicher, als Wahrheit.« Da wird sie ja ihre Hässlichkeit nicht an die große Glocke hängen, vielmehr, was da unten in ihrer Seele fürchterlich ist, mit Verlogenheiten gnädig bedecken, und dadurch wäre der Verhässlichung Europas eine Schranke gesetzt.

Nietzsche-Macchiavelli gibt der Frau Ratschläge, wie sie es machen muss. »Wehe der Frau, die nicht lügt!« Darauf läuft es hinaus. Frisch und fröhlich dem Mann ein X für ein U machen, den Mantel nach dem Winde hängen. »Die große Kunst des Weibes ist die Lüge, seine höchste Angelegenheit ist der Schein und die Schönheit. Gestehen wir es: wir Männer ehren und lieben gerade diese Kunst und diesen Instinkt am Weibe.« Sehr ethisch kann ich das von dem Manne gerade nicht finden; auch deckt sich wohl kaum die Frömmigkeit, ohne die das Weib widrig und lächerlich sein soll, mit Lug und Trug. »Der Mann macht sich das Bild des Weibes und das Weib bildet sich nach diesem Bilde.« Wie? So, wie Nietzsche es charakterisiert, sollte das Weib von Natur und nach Gottes Ratschluss beschaffen sein. Voll Lug und Trug, Feindin jeder Wahrheit, voll listiger Demut, raubtierartig u.s.w.? Ist ein stärkeres Argument für die moderne Frauenbewegung denkbar als diese Meinung Nietzsches?

Nein, das Weib soll nicht lügen und trügen, der schöne Schein soll ihm nicht Lebenszweck sein. Im Gegenteil, die Frau soll sich die von Nietzsche gelobten Laster abgewöhnen.

In seinen Aphorismen bietet er zahlreiche Glühlichter, die dem Album jedes Anti-Frauenrechtlers zur Zierde gereichen würden. Das bekannteste: »Gehst Du zum Weibe, so vergiss die Peitsche nicht«. Übrigens nicht einmal original, dieser Witzfunke. Nietzsche selbst zitiert aus einer alten florentinischen Novelle den Spruch: » *Buona femina e mala femina vuol bastone*«. (Dem guten wie dem bösen Weibe gehört der Stock.)

»Das Weib lernt hassen in dem Maße, in dem es zu bezaubern verlernt.« Frau A und Frau B. vielleicht; aber »das Weib«? Mögen sich die Circen, deren Metier im Bezaubern besteht, durch dieses Glühlicht getroffen fühlen. Die verstehen, sich dadurch zu rächen, dass sie die Bezauberten in … sagen wir: in Vierfüßler verwandeln.

»Allen rechten Frauen geht Wissenschaft gegen die Scham.« Wie? Und die Helotendienste der Liebe, die das Weib in dem von ihm gewollten Harem zu leisten hat, gehen ihr nicht gegen die Scham?

Zuweilen steigern sich Nietzsches Widersprüche ins Große. Aber es sind dann eigentlich gar keine Widersprüche mehr, vielmehr Blitze der Erkenntnis, mit denen er uns überrascht. Im Schein dieser Blitze verwandelt sich die Peitsche, mit der jeder Mann zum Weibe gehen soll, in ein Szepter, das er ihr huldigend reicht, die Hinterstube wird zum Heiligen Hain, der Küchenherd zum Dreifuß. In der fröhlichen Wissenschaft heißt es: »Eine tiefe, mächtige Altstimme zieht uns plötzlich den Vorhang vor Möglichkeiten auf, an die wir für gewöhnlich nicht glauben: wir glauben mit einem Mal daran, dass es irgendwo in der Welt Frauen mit hohen, heldenhaften, königlichen Seelen geben könne, fähig und bereit zu grandiosen Entgegnungen, Entschließungen und Aufopferungen, fähig und bereit zur Herrschaft über Männer, weil in ihnen das Beste vom Manne über das Geschlecht hinaus zum leibhaften Ideal geworden ist.« Und vorher: »Die Tiere denken anders über die Weiber als die Menschen: ihnen gilt das Weibchen als das produktive Wesen. Die geistige Schwangerschaft erzeugt den Charakter des Kontemplativen, welcher dem weiblichen Charakter verwandt ist: es sind die männlichen Mütter!«

O Nietzsche, Du hoher, priesterlicher Geist, tiefer Geheimnisse Wisser und doch der einfachsten Wahrheiten Nichtwisser! Mit Gott und Göttern kannst Du reden, mit den Gestirnen, mit dem Meer, mit Geistern und Gespenstern. Nur mit und über Frauen kannst du nicht reden.

Der Glaube scheint unsterblich. Kommt da einer daher von hohen Bergen, wo er mit Adler und Schlange gehaust, einer, der Staaten und Parlamente, der Kaiser und Könige über die Klinge seines Geistes hat springen lassen, ja, der geholfen hat, Gott selbst zu töten. Und dieser Taucher, der Meere der Erkenntnis ausgeschöpft hat, der nichts zu glauben meint, was er nicht in seiner Tiefe erforschte: einen Glauben, einen Fetisch hat er sich bewahrt. Er glaubt an ein Naturgesetz, das die Frau in den Harem verweist, sie zu einem verschließbaren Eigentum des Mannes bestimmt hat.

Er ruft so oft »Wehe«. Ich möchte auch einmal, – nein: dreimal möchte ich Wehe rufen über Friedrich Nietzsche: ein purpurrotes Wehe, weil es mit Herzblut getränkt ist, denn ich liebe ihn, den erschütternden Dichter, den Künstler, der alle Künste in das bewegliche Material der Sprache hineinzubannen verstand. Als ein Maler des Wortes schrieb er; er malte das Alpenglühen, die Mitternachtsonnen, gelbe unermessliche Wüsten mit heißem lodernden Himmel darüber, er malte das Meer in rasender Sturmflut und das schmeichelnd gleitende malte er auch. Er ist Bildhauer. Aus gewaltigen Steinquadern haut er Göttergestalten her-

aus und den Übermenschen. Er ist Architekt. Aus seinen Gedanken bauen sich Kirchen auf mit strahlenden Orgeln, bauen sich Burgen mit kühnen Zinnen, mit schlanken, hoch in den Äther ragenden Aussichtstürmen, in neuen Sonnen funkelnde. Vor allem aber ist er der Musiker der Sprache. Er umschmeichelt unsere Sinne mit zarten Klängen wie aus Hirtenflöten, er rüttelt aber auch mit Posaunenstößen an den Grundpfeilern unseres Denkens, dass sie stürzen. Und dann wieder sind es Gebet-Dithyramben wie aus den Tuben von Erzengeln, die uns auf transzendentale Gipfel tragen. Die Erzengel aber verwandeln sich in Dämonen, die transzendentalen Himmelsklänge in gelles, wahnwitziges Lachen aus Abgründen herauf, – Gedanken wie feurige Schwerter, die uns das Brandmal Kains in die Stirn brennen. Und zuletzt ist es ein Abschied voll unermesslichen Wehs und schaudernder Wonne, ein Lied, wie von sterbenden, wilden Schwänen, »das entzückt, indem es zerreißt.« Friedrich Nietzsche! Du mein größter Dichter des Jahrhunderts, warum schriebst Du über die Frauen so ganz jenseits von Gut? Ein tiefes, tiefes Herzeleid für mich. Es macht mich noch einsamer, noch älter, noch abseitiger. Ach, ich weiß es ja: »Auch große Geister haben nur ihre fünffingerbreite Erfahrung. Gleich daneben hört ihr Nachdenken auf und es beginnt ihr unendlicher leerer Raum und ihre Dummheit.«
Also sprach Zarathustra.

Drei Ärzte als Ritter der *mater dolorosa*

Eine Gruppe von Ärzten ist es, die auf physiologischer Grundlage des Weibes Freiheitsbestrebungen bekämpft. Ritter von der traurigen Gestalt, die an überlebte Zustände sich anklammern und noch immer die Küchenmagd für eine Dulcinea – für die Blüte des Frauentums – halten. Dass es vorzugsweise Ärzte sind, die zu einem Kreuzzug gegen die Frauenbewegung, der sie im voraus die Grabrede halten, rüsten, ist erklärlich. Hannibal *ante portas*. Die Ausübung der Medizin ist das erste Eroberungsgebiet, auf das die Frauen bereits ihren Fuß gesetzt haben.

Die Ärzte befleißigen sich dabei einer Beweisführung, die dem Diktum der mittelalterlichen Kirchenväter gleichkommt. Klipp und klar erklären sie: Einzig und allein die Fortpflanzungsvorgänge sind der Beruf des Weibes.

Dass wir Frauen damit nicht einverstanden sind, dass wir uns unserer Haut wehren, wenn diese Haut auch – nach Ansicht der Herren – eine total kranke sein soll, wird man uns nicht verargen.

Ich schalte hier ein, dass nichts mir ferner liegt, als den ärztlichen Stand als solchen anzugreifen. Es gibt keinen Stand, der mir höher, edler erscheint, als der des Arztes, und unter den Ärzten kenne ich nicht wenige, die den idealsten Anforderungen entsprechen. Nur gegen diejenige Kategorie von Ärzten lehne ich mich auf, die im Weibe nichts als ein Werkzeug sehen für – Herrenzwecke.

Drei viel gelesene und viel zitierte Schriften hervorragender Ärzte lege ich meinen Ausführungen zugrunde. Die eine hat einen Gynäkologen, Professor und Direktor einer Universitäts-Frauenklinik zum Verfasser, die zweite einen

Berliner Nervenarzt, der zugleich Gerichtsarzt ist. Und die dritte Broschüre: »Über den physiologischen Schwachsinn des Weibes« rührt von einem Leipziger Arzt her, der über die Grenzen von Sachsen hinaus berühmt sein soll.

Diese drei Ärzte haben den immensen Vorteil einer umfassenden Universitätsbildung vor mir voraus. Ich aber habe den Vorteil, eine Frau zu sein, also am eigenen Leibe die in Rede stehenden Vorgänge erfahren zu haben. Auch dürften die Mitteilungen kranker und gesunder Frauen an eine Geschlechtsgenossin, und meine Erfahrungen und Beobachtungen an ihnen intimer und ausgiebiger sich erweisen, als die Auslassungen *nur* kranker Frauen an die Ärzte.

Auf Grund ihrer Physis verbieten die Ärzte den Frauen das Studium. Dass diese physische Beschaffenheit bei der Diskussion der sogenannten Frauenfrage ignoriert wird, meint der Gynäkologe, beruhe teils auf grober Unwissenheit, teils darauf, dass es sich nicht schicke davon zu reden.

Ja, warum soll es sich denn nicht schicken, wenn man ernste und anständige Leser voraussetzt? Schon vor dreißig Jahren habe ich in einer Schrift diesen Gegenstand ausführlich erörtert, und so sehr man meine Ansichten bespöttelt hat, der Vorwurf der Unschicklichkeit ist mir auch in den gehässigsten Angriffen nicht gemacht worden. Es wäre auch geradezu unehrlich, wenn die Frauen das Hauptargument ihrer Gegner unter dem Vorwand, dass es sich nicht schicke davon zu reden, unterschlagen wollten.

»Der Frauenarzt«, heißt es, »besitzt am meisten Gelegenheit, das Seelenleben des Weibes zu studieren.«

Das bestreite ich. Der Frauenarzt wird nur bei Geburten und bei Erkrankungen der weiblichen Sexualorgane zu Rate gezogen. Er ist mithin, im Gegensatz zum Hausarzt, seinen Patientinnen ein Fremder. Ich kenne unendlich viel Frauen, die in der Lage waren, einen Frauenarzt konsultieren zu müssen, und ich möchte darauf schwören, dass nicht eine einzige unter ihnen war, die dem fremden Arzt Aufschlüsse über ihr Seelenleben gegeben hat, noch dass der Frauenarzt je Neigung an den Tag gelegt hätte, darüber informiert zu werden. Ja, ich klage sogar die Frauenärzte an, dass sie viel zu sehr die lokale und *nur* die lokale Erkrankung im Auge haben und darüber häufig das Gesamtbefinden des Patienten außer acht lassen.

Ausnahmen sind selbstverständlich. Auch ein Frauenarzt kann die Gabe besitzen, Seelen zu erschließen. Dass der Herr zu diesen Ausnahmen gehört, ist möglich. Aber er frage doch seine Spezialkollegen nach dem Seelenleben ihrer Patientinnen. Von ihren physischen Reizen und Nichtreizen werden sie manches zu sagen wissen, von ihren psychischen – er frage sie doch!

Ich kannte einen ausgezeichneten Frauenarzt, er war zugleich ein schöner und stattlicher Mann, – der, entweder instinktiv oder in kluger Berechnung, seinen Patientinnen während der Konsultation niemals ins Auge sah; eine Gepflogenheit, die mir der Situation zu entsprechen scheint, und die dem Verkehr etwas unpersönliches gibt. Es ist ein instinktives Bedürfnis der Frau, dem Frauenarzt fern und fremd zu bleiben. Nur wenn es durchaus nicht zu umgehen ist, vertraut sie sich einem befreundeten oder näher verwandten Frauenarzt an.

Der Direktor der Frauenklinik gibt zu, dass sich den psychologischen Studien an der Frau Schwierigkeiten entgegenstellen. Einmal der »sexuelle Instinkt«, der eine nüchterne Beurteilung hemme, und zweitens: »Wir Männer, soweit wir wohlerzogen sind, haben uns gewöhnt, das Weib zu beurteilen durch die Maske der Galanterie.«

Ein galanter Frauenarzt! fürchterlich! undenkbar! unmöglich!

An einer andern Stelle meint er freilich, »dass der Mann neben und hinter der Galanterie auch brutal gegen das Weib sei.« ... »Um diese Brutalität in Schranken zu halten, hat die Gesellschaft bekanntlich einen geschlechtlichen Sittenkodex geschaffen und dem weiblichen Geschlechte gewisse Beschränkungen im Verkehr als Sicherungsmittel für die weibliche Tugend auferlegt, ... ich wiederhole, einzig und allein im Interesse und zum Schutze des Weibes.«

Naive Schlussfolgerung, die er aus der Brutalität des Mannes zieht! Weil der Mann brutal ist, sperre man das Weib ein, damit er ihr nichts tun kann! Und S. 24 sagt er wiederum: »Gegen wen wird Schutz gewährt?« Die Antwort lautet: »gegen die Brutalität des Mannes.«

Ja, wir brauchten also gar keinen Schutz, wenn der Mann nicht brutal wäre. Ließe sich denn nicht die Brutalität des Mannes abschaffen?

Der Nervenarzt hat das Wort: »In der für das weibliche Geschlecht wichtigsten Pubertätsperiode, in einer Periode, wo sorgsam jeder schädigende Faktor aus dem Wege geräumt werden muss, soll nicht die rauhe Wirklichkeit dem sensiblen Organismus unheilbare Wunden schlagen. In dieser Zeit soll das Weib das abstrakte Gymnasialwissen erwerben, in dieser Zeit soll es Jahr auf Jahr in dumpfer Schulstube dahinleben.« ...

Aber, aber, die Pubertätszeit der Mädchen fällt – wie die Ärzte ja wissen werden – zwischen das zwölfte und sechzehnte Lebensjahr. Und während dieser Zeit sitzen die Mädchen in den oft so dürftigen und schlecht gelüfteten Zimmerchen der Privat-Mädchenschulen, während die Gymnasiasten es sich in ihren saalartigen, gut ventilierten Räumen wohl sein lassen.

Um eine Wohnung zu besichtigen, kam ich einmal in die niedrigen Schulstuben einer der vornehmsten Mädchenschulen Berlins in dem Augenblick, als die Kinder die Klassen verlassen hatten und die Fenster noch nicht geöffnet waren. Eine fürchterliche Luft schlug mir entgegen. Mit wahrem Entsetzen dachte ich daran zurück, dass meine Töchter so viele Jahre in solcher Luft hatten atmen müssen. Aber weil diese Luft ihre giftigen Gase in Mädchenschulen ausströmt, schlägt sie den sensiblen Organen keine unheilbaren Wunden? Ich wurde als junges Mädchen in einem Seminarraum unterrichtet, der so dunkel war, dass während des ganzen Vormittags Gas gebrannt werden musste.

Und wäre selbst die Luft in Gymnasien auch dumpf, – muss sie denn dumpf sein? Ein Naturgesetz? So wäre es doch Pflicht der Ärzte, im Verein mit Architekten für die Verbesserung der Luft Sorge zu tragen.

Aber das »abstrakte Gymnasialwissen«!

Darüber ernsthaft zu reden, kommt mir beinahe lächerlich vor. Von der Weisheit, die das simpelste Knabengehirn nicht sprengt, wird auch ein Mädchenkopf nicht aus den Fugen gehen.

Himmel, wie sauer muss den Ärzten das Gymnasialwissen geworden sein!

Auf Grund ihrer physischen Beschaffenheit, auf Grund der Menstruation, Schwangerschaft, Geburt und ihren Folgeerscheinungen kann und darf die Frau nicht Medizin studieren!

Die Aussprüche der beiden Ärzte über die Menstruation stimmen fast wörtlich überein. Sie halten diesen Vorgang nicht nur für einen lokalen, sondern schreiben ihm eine seelische Beeinflussung des Weibes zu, die sie als reizbare Schwäche bezeichnen. Ihre Leistungsfähigkeit sei in diesen Tagen verringert, ihre Energie bei Aufgaben, die außerhalb ihrer geschlechtlichen Sphäre liegen, herabgesetzt, außerdem sollen sie während der Menstruation zu lokalen Erkrankungen disponieren. Möglich, dass Erkrankungen, auf Grund der Menstruation vorkommen. Ich kenne keinen einzigen Fall.

Ich bin unter acht Schwestern aufgewachsen, bin im Besitz von vier Töchtern und habe Zeit meines Lebens fast ausschließlich mit Frauen verkehrt.

Wir Schwestern alle haben in jungen Jahren keine Ahnung davon gehabt, dass die Menstruation eine beachtenswerte Angelegenheit sei. Niemand sagte es uns, niemand fragte danach. Wir tanzten während dieser Zeit (was gewiss nicht richtig war), wir machten die weitesten Wege. Ich erinnere mich nicht, dass je eine von uns an bemerkbarer seelischer oder körperlicher Depression dabei litt. Möglich, dass kleine Abweichungen vom Normalbefinden stattfanden. Wenn die davon Betroffenen es aber selber nicht merken, oder wenn es bei anderen nur eines geringen Maßes von Selbstbeherrschung bedarf, um der Depression Herr zu werden, warum soviel Wesens davon machen!

Natürlich weiß ich, dass es eine große Anzahl von weiblichen Individuen gibt, die während der Menstruation mehr oder minder leidend sind. Das größte Kontingent zu diesen Leidenden stellen die Blutarmen. Wir wollen doch aber nicht auf der Blutarmut oder sonstiger physischer Entartung eine Gesellschaftsordnung gründen! Nur möglichst normale physische Beschaffenheiten dürfen maßgebend dafür sein.

Auf die Schonung des Weibes kommen beide Ärzte in ihren Broschüren immer wieder, und zwar auf das energischste, zurück.

Ja, wenn sie durchaus geschont werden muss, warum schont man sie denn nicht jetzt schon?

»Monatlich sechs Tage«, sagt der Nervenarzt, »ist das Weib siech«, und an einer anderen Stelle: »Das Weib ist nur in Intervallen eines beständigen Krankseins gesund.«

Und der Direktor der Frauenklinik: »Die Scham gebietet dem Weibe die Verheimlichung der sexuellen Vorgänge, insbesondere die alle Monate wiederkehrende Menstruation wird so sorgfältig wie möglich verborgen, und allerhand Listen werden ersonnen, um das Bestehen dieses Vorganges der Umgebung, namentlich der Männerwelt, völlig zu entziehen.«

Aber, wenn die Scham ihr gebietet, den Vorgang zu verheimlichen, so weiß doch niemand etwas davon, und wer soll sie denn nun schonen, wenn niemand weiß, wann geschont werden muss?

Sollte diese Verheimlichung nicht den zur Schonung Verpflichteten sehr gelegen kommen?

Der Einwurf der Menstruation ist absolut hinfällig, so lange man nicht alle arbeitenden Frauen in den Menstruationstagen von der Arbeit suspendiert. Ob sich die Ärzte während der Leidenstage ihrer Köchinnen mit kalter Küche oder mit einer durch Gemütsdepression herabgesetzten Kochkunst begnügen würden? ob sie nicht vielmehr die Köchin, die allmonatlich ihr Menstruationsgeheimnis verrät, gern mit einer anderen, diskreteren vertauschten?

Und die Krankenwärterin! Wenn sie in der reizbaren Schwäche dieser fatalen Tage Ihnen einmal unwirsch antwortete, oder in ihrer natürlichen Gemütsdepression ein paar Medizinen ein bisschen verwechselte, würden Sie mit schonender Humanität diese kleinen Verstöße der armen Invalidin zu gute halten?

Von einer Krankenpflegerin ging mir folgendes Schreiben zu: »Ihre Aussprüche über die Menstruation kann ich nach jeder Richtung hin bestätigen. Ich möchte sie, was die Krankenpflegerinnen betrifft, noch ein wenig dahin ergänzen, dass ich gerade in der »reizbaren Schwäche dieser fatalen Tage« nicht nur nicht die Medizinen verwechseln darf oder unwirsche Antworten geben, vielmehr einen Schwerkranken volle 24 Stunden bedienen muss, womit meist noch schwere körperliche Anstrengung (besonders das Heben der Kranken) verbunden ist. Und während dieser wirklich schweren Stunden darf ich keinen Laut der Ermüdung von mir geben, denn Arzt, Patient und Familie verlangen immer meine frische Kraft. Schon zehn Jahre betreibe ich diesen Beruf ohne sechstägige monatliche Schonung, bin dabei frisch und gesund, wie meine Kolleginnen, die mit mir denselben Beruf ausüben, es gleichfalls sind.«

Einen anderen Brief erhielt ich von einer Münchener Dame. Sie schreibt:

»Meine Tochter, eine Lehrerin, gehört zu den Leidenden der Menstruationstage. Gerade in diese Tage fiel ihr Staatskonkurs-Examen. Trotz ihres leidenden Zustandes hat sie nicht nur über 60 Kolleginnen, sondern auch über 70 Lehramtskandidaten, die mit ihr geprüft wurden, den Sieg davon getragen, und außer meiner Tochter ist nur noch ein junges Mädchen mit der Note Nr. 1 aus dem Konkurs hervorgegangen.«

Da der Brief mit dem Namen der Schreiberin, unter Angabe der Wohnung versehen ist, liegt kein Grund vor, an seiner Authentizität zu zweifeln.

Ich meine, die Frauenwelt erscheint den Frauenärzten wie eine große Krankenstube, weil sie nur kranke Frauen zu Gesicht bekommen. Ärzte, die nur Männer in ihren Krankheiten behandelten, würden wahrscheinlich die Männer für kränker halten als die Frauen.

»Sonderbare Leute, diese Ärzte! Ein krankhafter, mit ihrem Geschlecht zusammenhängender Zustand soll die Frau vom Berufsleben ausschließen. Konsultiert aber so ein armes Wesen, bei quälenden hysterischen Leiden, einen Arzt oder ein Dutzend Ärzte, so wird sie, in merkwürdiger Übereinstimmung, stets dasselbe von ihnen hören: Unsinn! Ihnen fehlt gar nichts, werte Frau! Einbildungen! Beschäftigen Sie sich nützlich, das ist die beste Kur.«[2]

In noch höherem Grade als bei der Menstruation wird nach Ansicht der Ärzte bei Schwangerschaften, Geburten und ihren Folgeerscheinungen die Leistungsfähigkeit des Weibes herabgedrückt.

---

2   Aus meinem Buch: »Der Frauen Natur und Recht.«

Bei einigermaßen normalen Frauen pflegen die Fortpflanzungsvorgänge nicht allzu häufig Nebenerkrankungen zur Folge zu haben. Außerdem ist ein großer Teil dieser Erkrankungen auf irgend welche Verfehlungen, und – beim Proletariat – auf Mangel an Pflege zurückzuführen und darauf, dass die Frauen, in ihrem Widerwillen gegen die Untersuchung durch männliche Ärzte, vielfach zu spät ärztlichen Rat einholen.

An diesen, der Scham entspringenden Widerwillen glauben die Ärzte ein für allemal nicht. Woher wissen denn die Frauenärzte, dass nicht Scham und Zorn die Frau erfüllt, die gezwungen ist, bei Sexualleiden einen männlichen Arzt zu konsultieren? So dumm und taktlos ist keine Frau, um vor dem Arzte diese Gefühle zu affichieren. Ja, die Scham selbst verbietet ihr, Scham zu zeigen. Sie schreiben der Frau Schamgefühl vor, wenn es ihnen passt, etwa als Vorwand um sie aus der ärztlichen Wissenschaft zu beseitigen. Sie leugnen oder verurteilen das weibliche Schamgefühl, wenn es ihnen unbequem ist, oder ihren Interessen zuwiderläuft.

Gegen eine Polizeiverfügung in Halle, die die Unzulässigkeit, männliche Kranke durch weibliches Personal baden zu lassen, beseitigen wollte, wendeten sich die Ärzte. Der Arzt eines Krankenhauses erklärt die Verfügung (abgesehen von der Unzuständigkeit der Polizeiverwaltung) auch inhaltlich ungerechtfertigt, mit der Begründung, dass die »bedeutendsten und angesehensten Krankenhäuser« dieses Verfahren übten. Er nennt als Beispiel die Universität Leipzig, wo sowohl auf der inneren Abteilung, als auch an der chirurgischen Abteilung, nur weibliche Pflegerinnen angestellt sind. Diesen liegt, wie er sich durch nochmalige Erkundigung vergewissert habe, auch das Baden der Männer ob.

Meine Mutter hatte achtzehn Kinder. Als meine jüngsten Geschwister geboren wurden, war ich erwachsen. Und ich kann versichern, dass meine Mutter nie über irgend etwas klagte, dass sie vielmehr während der Schwangerschaften ihren riesengroßen Haushalt in derselben Rüstigkeit fortführte, wie zu jeder anderen Zeit. Von Nervosität, Kränkeleien – keine Spur! Regelmäßig 14 Tage nach der Entbindung saß sie wieder am Tisch, und alles nahm seinen gewohnten Verlauf. Meine Mutter hat nie das geringste Unterleibsleiden gehabt. Ein Beweis, dass selbst bei den höchsten Leistungen der Fortpflanzungsgeschäfte die Gesundheit nicht zu leiden *braucht*.

Dass aber selbst ein hoher Grad von Übelbefinden während der Schwangerschaft mit geistiger oder körperlicher Arbeit sehr wohl vereinbar ist, weiß ich wirklich besser als irgend ein Arzt es wissen kann. Während meiner fünf Schwangerschaften litt ich, ganz im Gegensatz zu meiner Mutter, ein Martyrium, das mich zu Selbstmordgedanken brachte. So lange ich ruhelos und beschäftigungslos umherlief, war es am ärgsten. Da verfiel ich, um der Qual zu entgehen, darauf, spanische Verse (ich trieb damals gerade spanisch) ins Deutsche zu übersetzen. Und das waren die einzigen erträglichen Stunden am Tage, wo ich in erregter geistiger Spannung, nach Worten und Reimen suchend, mich selbst und mein Leiden vergaß. Freilich muss ich zugeben, dass von diesen Versübungen her meine Schriftstellerei datiert. So dürften nun die Herren Ärzte allerdings (wenn ihre Galanterie sie nicht hindert, sie wissen ja nicht, wie alt ich bin), diese Tatsache zu den fatalen Folgekrankheiten der Fortpflanzungsvorgänge zählen.

Mein Zustand war übrigens ein exzeptioneller.

Wenn ich unter zwölf meiner nächsten weiblichen Verwandten allein drei Frauen kenne, die während der Schwangerschaft nicht das leiseste Unbehagen fühlten, die vom ersten bis zum letzten Tage genau so lebten wie zu jeder anderen Zeit, ungeschwächt in ihrer physischen und seelischen Vitalität, so habe ich ein Recht, daraus zu schließen, dass die krankhaften Erscheinungen bei vielen Frauen während der Schwangerschaft nicht auf einem Naturgesetz beruhen, und dass sie bei rationeller und kraftvoller auferzogenen Geschlechtern der Zukunft zu den Ausnahmen gehören werden.

In einer, von einem Arzt redigierten Monatsschrift für Gesundheitspflege wird der Einfluss der Arbeit auf die Schwangere behandelt, und dabei durch Gewichtsmessung festgestellt, dass Ruhe während der Schwangerschaft das Kind und damit die Geburt schwerer mache, dass somit Arbeit, wenn sie sich in gewissen Grenzen hält, der Schwangeren heilsam ist.

Staunend sah ich, was in einem berühmten Sanatorium einer hochschwangeren, nicht mehr jungen Frau, die ihre erste Entbindung erwartete, zugemutet wurde. Eine energische Ganzmassage mit Kneten, Klopfen, Rückenschlägen, und eine Reihe anderer, täglich vorzunehmender Übungen gehörte zu der Behandlung. Ich sah sie im Luftbad Holz spalten, Kegel spielen u.s.w.

Sie war rosig und heiter und versicherte mir, dass sie sich außerordentlich wohl und so leicht fühle, dass sie oft ihren Zustand ganz vergäße. Die Ärzte mochten aus irgend einem Grunde gerade bei dieser Frau eine allzu schwere Entbindung fürchten und von ihrem Verfahren eine Erleichterung derselben erhoffen. In der Tat ging die Entbindung später glücklich, wenn auch ziemlich schwer von statten.

Indessen ich will gestehen, dass ich nach der Lektüre der beiden Broschüren einen Augenblick der Niedergeschlagenheit hatte. Wie, wenn ich nun im Irrtum wäre, und wir Frauen wären in der Tat durch die Bank krank, krank, nichts als eine große Wunde im Weltall, und wir armen Kranken wider Willen täten wirklich am besten – wie das verwundete Tier sich ins Dickicht verkriecht – in Kinder-, Schlaf- und Wochenstuben, einzig und allein den Kultus unseres Geschlechts treibend, zu verschwinden?

Eine junge Frau, die bei mir eintrat, verscheuchte meinen Stimmungsnebel. Ihr Anblick würde den Direktor der Frauenklinik – ich bin überzeugt davon – nachdenklich gestimmt haben.

Diese junge, schon recht berühmte Frau war, um eines künstlerischen Zweckes willen, von Süddeutschland nach Berlin gekommen. Sie befand sich im siebenten Monat der Schwangerschaft. Nie hat ein Weib eine größere Kindersehnsucht empfunden, nie ein zweites Kind, gleich dem ersten, mit mehr Entzücken erwartet, als sie, und nie hat zugleich eine Frau mit heiligerem Eifer daneben ihren künstlerischen Beruf ausgeübt. Trotz der vier Treppen, die sie bis zu meiner Wohnung erklimmen musste, trat sie frisch und strahlend bei mir ein. Ich erzählte ihr von den in Rede stehenden Broschüren. Sie lachte. Sie habe den ganzen Sommer über sechs bis sieben Stunden täglich gearbeitet, mit wahrer Passion, ohne die geringste Ermüdung.

Und diese Frau entstammt nicht etwa einer robusten Familie, sondern einer nervösen Künstlerfamilie, und sie selbst, eine zarte blonde Erscheinung, hatte jahrelang, vor der Verheiratung, mit einem schweren Leiden zu kämpfen gehabt, das sie auch jetzt noch nicht ganz überwunden hat. Die Bedingungen für die Gesundheit lagen hier also so ungünstig wie möglich.

Da die Frauen geschont werden müssen, und der ärztliche Beruf ihnen keine Schonung gewähren kann, sollen sie nicht Medizin studieren.

Und die Hebammen? Und die Krankenwärterinnen?

Ein anderer Gynäkologe, der ebenfalls der Meinung ist, dass jeder Versuch, den Frauen beizubringen, was über die Pflege von Mutter und Kind geht, vollständig scheitern würde (wie? und man vertraut ihnen die Pflege der Männer an?) betont, dass es an Hebammen fehle. »Man rede deshalb nicht von harter Beschränkung der Erwerbstätigkeit der Frauen, solange die vorhandenen Wege zur Erwerbung des Unterhalts noch von einer großen Mehrheit gemieden werden.«

Ja, warum ist denn der Herr Gynäkologe geworden und nicht Maler?

Weil er kein Talent zum malen hatte? Wer sagt ihm denn, dass alle des Erwerbs bedürftige Frauen Hebammentalent haben?

Der Direktor der Frauenklinik rühmt: »Die hervorragende, aber immer noch nicht genug gewürdigte Befähigung des Weibes – auch des geistig hochstehenden – für die Kranken-, Geburts- und Wochenpflege, in der es dem Manne weit überlegen ist u.s.w. (In der Wochenpflege sich schlecht zu bewähren, haben die Männer bis jetzt wenig Gelegenheit gehabt.) Der Nervenarzt singt den Krankenpflegerinnen dasselbe Lob. »Die Forderungen aber, die man der Ärztin stellen müsste, sind unerfüllbar für die Frau, denn der Arzt muss im Vollbesitz seiner Körperkräfte sein, soll er tagsüber, Trepp' auf, Trepp' ab, seine Besuche erledigen.«

So scheinen wenigstens die Zeitungsausträgerinnen, die in frühen Morgen- und späten Abendstunden – vor und nach ihrer schweren Tagesarbeit – Trepp' auf, Trepp' ab ihres Amtes walten, im Vollbesitz ihrer Körperkräfte zu sein.

Und wenn der männliche Arzt nun nicht im Vollbesitze seiner Körperkräfte ist, tut die Ärztekammer auch stets ihre Pflicht, indem sie ihn von der Praxis ausschließt?

»Zu jeder Nachtzeit muss der Arzt auf die Erquickung durch Schlaf verzichten und, trotz Wetter und Wind, auf holperigen Landwegen seiner Verpflichtung nachgehen.«

Die Hebammen etwa nicht? Oder verwandeln sich für sie die rauhen Winde in Zephyre? Und sind die holperigen Landstraßen mühevoller für den mit einer Equipage oder einem Pferd ausgerüsteten Arzt, als für die meist zu Fuß oder in einem primitiven Gefährt ihres Weges ziehende

Hebamme? Und der kleine Weltbürger, der geboren werden soll, wird er für die zum siechen Geschlecht gehörende Hebamme soviel Rücksicht zeigen, sein Geborenwerden auf den hellen Tag zu verlegen, damit die Invalidin der Erquickung des Schlafes nicht beraubt werde?

Der deutsche Arzt weiß ganz genau, dass in Amerika seit vielen Jahren Hunderte (oder sind es Tausende?) von Frauen als Ärztinnen tätig sind.

Hätten diese Ärztinnen mehr Verfehlungen sich zuschulden kommen lassen, als man den Ärzten nachsagt, wären sie massenhaft unter den Anstrengungen ihres Berufs zusammengebrochen, hätten sie sich geweigert, bei Wetter und Wind hinaus, und Trepp' auf, Trepp' ab zu laufen, es wäre längst in die Öffentlichkeit gedrungen. Alles dringt an die Öffentlichkeit.

»Selbstaufopferung, außerordentliche Geistesgegenwart, dazu Pflichterfüllung, ohne Rücksicht auf Zeit und Ort, das sind einige wenige Forderungen, die an den ärztlichen Praktiker gestellt werden.«

An der Krankenwärterin rühmen die Ärzte gerade ihre Aufopferungsfähigkeit. Merkwürdig! Als Ärztin geht sie derselben verlustig! Reine Taschenspielerei!

Außerordentliche Geistesgegenwart und Pflichterfüllung wird von dem Arzt gefordert.

Ist ein Versehen der Hebamme bei der Geburtshülfe weniger verhängnisvoll als das eines Arztes? Und stellt man an sie und die Krankenwärterin nicht die Forderung der Pflichterfüllung ohne Rücksicht auf Zeit und Ort?

»Die Ärztin«, klagt der Nervenarzt, »soll im steten Anblick menschlichen Leidens das angeborene Mitempfinden, die zarte Innigkeit, die feinschattierte Gemütserregbarkeit vernichten.«

Bei der Ärztin vernichtet der Anblick menschlichen Leidens die zarte Innigkeit u.s.w. Bei der Krankenwärterin aber scheint der Anblick von blutig eiternden Geschwüren, von Todeskrämpfen und Wimmern »die zarte Innigkeit, das angeborene Mitempfinden« u.s.w. zu verstärken. Und die sensiblen Organe des Weibes, denen die Luft in den gut ventilierten Gymnasialklassen unheilbare Wunden schlägt, in der Luft der Krankenstuben, die vom Atem der Kranken und Sterbenden erfüllt ist, gedeihen sie prachtvoll. Ja?

Und die Hebamme, die täglich die höchste Potenz des Schmerzes vor Augen und Ohren hat, ihre »feinschattierte Gemütserregbarkeit« wird dadurch nicht vernichtet? Das Geschrei der Gebärerinnen verwandelt sich für sie in Musik?

Schaffen Sie doch, meine Herren, die Hebammen der Gegenwart ab, ehe sie den Ärztinnen der Zukunft das Messer an die Kehle setzen!

Dass neben dem Mann, als Arzt, das Weib, in seinem Dienst als Krankenwärterin, funktioniere, darin sieht der Gynäkologe eine heilsame Ergänzung der Geschlechter.

Ja, glaub's schon!

Die exquisiten, subtilen Befriedigungen, die wissenschaftliche Forschung gewährt, Ehre, Ansehen, Geld und nebenbei soviel Weltlust, wie der normale Mensch nötig hat, – für den Arzt.

Für die Krankenwärterin: unausgesetzte Verrichtung der niedrigsten, abstoßendsten, todtraurigsten Dinge. Für sie keine Ehre, kein Ansehen (außer etwa vor Gott) und gerade soviel Lohn (abgesehen von dem Lohn, der im eigenen Bewusstsein ruht oder im Himmel ausgezahlt wird), als sie zur Fristung ihrer Existenz braucht.

»Die Gewährung des Schutzes des Weibes bei seinen Fortpflanzungsvorgängen ist eins der vornehmsten Produkte der Zivilisation.«

Ist bereits ein Produkt? Besteht also schon? Und die ungeheure Majorität der proletarischen Frauen? Wirklich, sie werden während ihrer Fortpflanzungs-Vorgänge geschont?

Denn ihre Schonung ist doch wohl nicht unwichtiger, als diejenige der Frauen aus den wohlhabenden Ständen?

Der Direktor hilft sich, indem er versichert, dass das Weib aus Kreisen mit vorwiegender Geistesbildung des Schutzes mehr bedarf, als die Arbeiterin.

Ich bin entgegengesetzter Meinung. Je geistig hochstehender, klüger und wissender eine Frau ist, je besser wird sie sich selbst zu schonen wissen und besonders sich schonen können. Die Not des Lebens verbietet der Arbeiterin die Schonung. Sollten wirklich die Proletarierinnen weniger Unterleibskranke in die Kliniken der Ärzte liefern, als die Frauen der höheren Stände? Die Entbindungs-Anstalten müssen die Wöchnerinnen neun Tage nach der Entbindung verlassen, oft noch viel zu kraftlos, um sich und, in den meisten Fällen, auch ihr Kind ernähren zu können. Hier der Ursprung so vieler Kindermorde!

Warum halten denn diese Ärzte die Frauen der höheren Stände für solche Arbeitsfanatikerinnen, die sich mit aller Gewalt zu Tode schinden wollen? Und wollen sich die Frauen wirklich zu Tode arbeiten, so müssen sie auch dieses Recht haben, und ob sie es im Seziersaal und in der Klinik oder hinter dem Waschfass und in den Fabriken ausüben, ist dasselbe.

Nein, es ist nicht dasselbe, ob die Ärztin sich zu Tode arbeiten *will*, oder ob die Proletarierin sich zu Tode arbeiten *muss*.

Weiß sie, selbst als Ärztin, nicht, wie und wann sie sich zu schonen hat, nun Selbstmorde sind nicht aus der Welt zu schaffen, aber die Gesellschaftsmorde sind es.

Hier ist ein immenses Gebiet, auf dem echte Frauenfürsorge zu betätigen ist. Wozu diese kleinliche Nörgelei, einigen hundert deutschen Frauen das ärztliche Studium wehren zu wollen, während Hunderttausende in den Fabrikräumen zu Grunde gehen!

Helft doch, Ihr Ärzte, der armseligen Physis des Weibes auf! Entdeckt, ersinnt neue Mittel und Wege, Methoden, Prophylaxen, um die weiblichen Sexual-Krankheiten zu reduzieren, die armen Siechen und Invaliden widerstandsfähiger zu machen und die beklagenswerte *mater dolorosa* aus der Wirklichkeit immer mehr in die Dichtung zu drängen! Aber beeilt Euch! Die Frauen sind Euch auf den Fersen. –

Mehr, viel mehr als den Ärzten mit ihren Millionen Eisenpillen, die – meiner Erfahrung nach – noch nie einem Mädchen von der Blutarmut geholfen haben, verdanken die Frauen gesundheitlich den Anregungen (ich sage Anregungen) eines Pfarrers Kneipp und etlicher Naturheilsanatorien, mit deren Ideen und Methoden die Ärzte sich bereichert haben.

Die hygienische Wohltat des Fahrrades haben die Frauen sich selbst verordnet. Die Abschaffung des Korsetts und die Einführung der Reformtracht (voraussichtlich die Tracht der Zukunft) ist das Werk von Frauen, die in der Frauenbewegung stehen.

Der Frauenarzt möchte in seinen Ausführungen (die Geschlechtssphäre sei der eigentliche und einzige Beruf der Frau) nicht missverstanden werden, dass er etwa meinen könnte – – o nein – das nicht!

Denn: »Der Trieb zur geschlechtlichen Vereinigung ist beim Weibe keineswegs der Brennpunkt des geschlechtlichen Empfindens, sondern nur der Vorakt zu einer ganzen Reihe von geschlechtlichen Betätigungen, deren Hauptinstinkt die Kindersehnsucht ist.«

Behält man diese idealistisch seelenhafte Kindersehnsucht, als Brennpunkt des weiblichen Geschlechtsempfindens, auf immer im Auge? Ist diese Anschauung in Fleisch und Blut der Gesellschaft übergegangen?

»Das Weib darf nicht ohne Strafe gegen die Natur sündigen«, der Frauenarzt sagt's. Findet sie aber – ohne ihre

Schuld – keine legitime Mithilfe für die Erfüllung ihrer Kindersehnsucht, und trägt illegitim der Natur Rechnung, so trifft sie, umgekehrt, dafür, dass sie nicht gegen die Natur sündigte, die Strafe. Die Gesellschaft verdammt sie, während man dem männlichen Helfer in der Not, zu dessen Beruf doch die Kindersehnsucht bei Leibe nicht gehört, – kein Härchen krümmt, obwohl für den Mann der Weg zum Standesamt immer frei ist, und er bei derartigen regellosen Verbindungen, der Kindersehnsucht Gegenteil im verschwiegenen oder auch nicht verschwiegenen Busen tragend, nur Sinnestrieben folgt. Nicht merkwürdig? Sogar höchst merkwürdig!?

Vorahnend sehe ich ein neues Stichwort am Horizont der Litteratur heraufziehen: Kindersehnsucht! anstatt des leibhaftigen Kindes, das bis vor kurzem in die Gedankenrisse der um einen Schluss verlegenen Dichter springen musste.

Als Beweisobjekt für die Strafe, die das gegen die Natur sündigende Weib ereilt, muss wieder die alte Jungfer herhalten, »mit ihrem frühzeitigen Prozess des Verwelkens.« Wenn der Arzt sagt: »Die schlechteste Prognose (betreffs der Gesundheit) stellt die beschäftigungslose alte Jungfer«, so redet er doch damit seinen Gegnerinnen das Wort, die ja eben am Werk sind, die Beschäftigungslosigkeit und die Ehehindernisse für das vermögenslose Mädchen aus der Welt zu schaffen.

Reich verziert sind die Broschüren mit Zitaten. Die des Nervenarztes besteht zum größeren Teil aus Zitaten.

Michelet, der Dichter-Philosoph, ist einer ihrer Lieblinge. Wenn seine wissenschaftliche Qualifikation für die Entscheidung wissenschaftlich physiologischer Fragen den Ärzten genügt, – mir kann es recht sein.

Beide Ärzte bringen zur Stütze ihrer Ansichten ganze Seiten aus dem Lombroso-Ferrero'schen Buch: »Das Weib als Verbrecherin« zum Abdruck.

Nun, dieses Buch hat Ferrero fast allein geschrieben. Ferrero war, als er es schrieb, – ich weiß es aus seinem eigenen Munde – 19 Jahre alt. Wenn ich ihn in seinem gebrochenen Deutsch richtig verstanden habe, nimmt er gar kein Interesse an den Frauenbestrebungen. Lombroso hat dem Jüngling, der sein Schüler war, gewissermaßen eine literarische Aufgabe gestellt, ihm die zu studierenden Bücher namhaft gemacht; Ferrero hat die Aufgabe mit gewissenhaftem Fleiß gelöst. Er hat mir einen sehr sympathischen Eindruck gemacht, den eines ernsten, hochbegabten Menschen, der sicher einmal hervorragendes leisten wird. Schwerlich auf dem Gebiete der Frauenfrage, die ihm Hekuba ist.

Da Lombroso Jude ist, mag bei seiner Ansicht vom Weibe jüdische Tradition mitgewirkt haben. Im täglichen Gebet des Juden war bekanntlich der Dank gegen Jehova enthalten, dass er als männliches, nicht als weibliches Geschöpf zur Welt gekommen.

Merkwürdig. Lombrosos Tochter ist nicht nur eine der fruchtbarsten italienischen Schriftstellerinnen, sie hat auch in dem letzten sozialistischen Aufstande eine bemerkenswerte politische Rolle gespielt.

Sollten die Herren Ärzte in reiferen Jahren sein, müsste es ihnen dann nicht eigentlich genant sein, in der Weisheit eines neunzehnjährigen Jünglings eine Bestätigung ihrer Ansichten zu suchen?

Braucht man überhaupt aus dem Lombroso-Ferreroschen Buch etwas anders zu wissen als den Ausspruch, den beide Ärzte für sich zitieren: »Der rechte Mann kann sich das Weib immer nur orientalisch denken«?

Schüttelt Euch nicht, Ihr Frauen, Zorn und Ekel bei dieser schimpflichen Vorstellung des Mannes vom Weibe? Vergeht Ihr dabei nicht in Scham vor Euren Söhnen, in Mitleid vor Euren Töchtern? »Der rechte Mann kann sich das Weib nur orientalisch denken!« Ätzt euch diesen Satz ins Gedächtnis, brennt ihn Euch in die Seele! Und ruft mit einer Stimme von Erz, gleich einer Glocke, die Sturm läutet, in die Welt Euer »Nein!«

Der Direktor der Frauenklinik gibt zu, dass nicht nur die Stimme des Frauenarztes, sondern auch die des Weibes zu hören sei. Unter der Stimme des Weibes versteht er eine einzige Stimme, die von Laura Marholm.

Mit Entzücken zitieren beide Herren ganze Seiten aus ihrem Buche, in dem zwar kein Wort von der Kindersehnsucht geschrieben steht, in dem es aber vom Weibe heißt, dass »in allen Fällen der Mann der einzige Sinn ihres Lebens ist.« Der Nervenarzt nennt seine Zitate »einwandsfrei«. Beinah kindlich, Zitate einwandsfrei zu nennen, weil sie die Ansichten des Zitierenden wiederspiegeln! Warum sind die Schriftsteller, die entgegengesetzte Meinungen vertreten, nicht einwandsfrei? Sollte nicht z.B. Buckle gegen Laura Marholm in die Wagschale fallen? nicht Stuart Mill neben dem neunzehnjährigen Ferrero zu hören sein? nicht der Geheimrat Winkel, erster Frauenarzt in München, neben dem Frauenarzt von Göttingen? Und der Ausspruch Michelets (diesen Ausspruch hüten sich die Herren zu zitieren), dass nur die Französin das eigentliche Weib sei, und dass nur sie einen Mann wahrhaft und lebenslang beglücken könne, – auch einwandsfrei?!

Dass die heilkundigen Jeremiasse mit dem üblichen »Wehe« über die Vernichtung der Weibnatur (als Folge der Emanzipation) nicht zurückhalten würden, war zu erwarten. Der Nervenarzt prophezeit: »Die Vernichtung der Weibnatur, die Vernichtung all jener Charaktereigenschaften, die in ihrer Gegensätzlichkeit zu jenen des Mannes den Hauptgrund für die magnetische Attraktionskraft der Geschlechter bilden, die Vernichtung also des fortdauernd sich erneuernden Menschendaseins, sie ist der traurige Preis des Sieges.« Nun – dann müsste man doch wenigstens, um dieser furchtbaren Eventualität – der Dezimierung der Menschheit zu entgehen, – so viel gehirn- und willensstarke Weiber – wenn sie nicht existierten – geradezu züchten, als es gehirn- und willensschwache Männer gibt, damit auch diese – vermöge der Attraktion der Gegensätzlichkeit – zur Menschenschaffung beizutragen, in der Lage wären.

Das ganze Menschengeschlecht stirbt aus, wenn die Frau Medizin studiert!

Ja, wenn die Herren nur immer wirklich – nicht nur in gedruckten und ungedruckten Worten, sondern auch im Leben und Handeln – den braven Hausmütterlein die Palme reichten, so könnte ich wenigstens an ihre ehrliche Überzeugung glauben. Aber sie denken gar nicht daran. Sie kümmern sich im Leben keinen Deut um die Frau, die still im Hause nur der »Keimpflege des künftigen Geschlechts« lebt, und giebt man ihnen etwa in einer Gesellschaft ein solches Musterbild, und wäre es noch so kinderreich, zur Tischnachbarin, so fühlen sie sich beleidigt.

Und wenn sie sich, behufs späterer Verheiratung, verlieben, so erkiesen sie nur in den seltensten Fällen das tugendsame Mägdlein, dem das künftige Hausmütterlein auf der Stirn geschrieben steht; viel öfter entscheidet sich ihr »sexueller Instinkt«, der ja eingestandenermaßen ihre Psychologie beirrt, – für das hübsche Gesicht, die schöne Gestalt oder das pikant-amüsante Gebahren der jungen Dame, die durchaus nicht die Nurgebärerin in der Ehe verspricht, ganz abgesehen von den zahllosen Fällen, wo das Geld der Mitgift über allen Zauber der Liebe und der Instinkte siegt.

Lässt das Weib nicht ab von der Emanzipation, so droht der Frauenarzt, nicht nur mit der Vernichtung der Ehe, sondern auch mit der Aufhebung des zur Schonung des Weibes geschaffenen Sexualkodexes.

Sind nach dieser Aufhebung noch mehr Todtgeburten unter den Arbeiterinnen denkbar, als bei dem Bestehen dieser famosen Schutzvorrichtung? noch mehr Prostituierte?

Nicht einmal die Stühle für die Ladnerinnen kann die Aufhebung abschaffen, da der Kodex sie noch gar nicht angeschafft hat.

Der Frauenüberschuss in Deutschland beträgt über eine Million. Verhielte sich nun wirklich eine Million von emanzipierten Frauen der Ehe gegenüber spröde, welche Chancen für die übrige Frauenwelt, deren Wunsch und Ziel die Ehe ist!

Der Direktor der Frauenklinik leitet aus der geschlechtlichen Sphäre der Frau ihre geistigen Eigenschaften ab. So erklärt er ihre Neigung zur Täuschung und zum Trug aus den durch den größten Teil des Lebens angewandten Mitteln der Täuschung und Verheimlichung der sexuellen Vorgänge. »Auszusprechen, dass das Weib weniger wahrheitsliebend ist, als der Mann, hindert uns für gewöhnlich die Galanterie.« (Grässliche Galanterie!) »Die Tatsache besteht aber unzweifelhaft.«

Des Weibes Heuchelei und Verlogenheit eine Folge der Verheimlichung ihrer sexuellen Vorgänge!?

Der Mann pflegt doch auch seine animalischen Funktionen nicht an die große Glocke zu hängen!

Ich halte es auch für wahrscheinlich, dass Frauen mehr lügen und trügen, als Männer, einfach aus dem Grunde, weil sie in geistiger und wirtschaftlicher Abhängigkeit leben. Der Unfreie ist immer lügenhafter, als der Freie. Der dauernde Zwiespalt zwischen des Weibes eigenster Natur und der Konvenienz ist ein trefflicher Nährboden für Heuchelei und allerlei Hintertreppenpolitik.

Der Frauenarzt zieht das Fazit seiner Deduktionen: »So ist das Weib gebunden an ewige Gesetze, denen sie sich nicht entziehen kann.«

Sicher! wie jeder Mensch an ewige Gesetze gebunden ist. Bedurfte es der ärztlichen Broschüren, um das Weib am Brechen ewiger Gesetze zu hindern?

Nicht unter der Fahne Äsculaps kämpfen dieser Ritter der *mater dolorosa*, ihre Götter, – nein, Götter sind es nicht! Eine falsche Diagnose ist's, für die sie kämpfen, die falsche, schmähliche Diagnose: » *Tota mulier in utero.*«

» *Über den physiologischen Schwachsinn des Weibes.*«

Schon der Titel verspricht ein wenig Radau-Antifeminismus. Und der Inhalt? *Vedremo.*

Den Namen des Autors möchte ich hier nicht unterschlagen, der Herr Möbius könnte sonst denken, ich wollte ihm den Ruhm seiner fulminanten Entdeckung schmälern.

Die Schrift ist amüsant.

Die Gesinnungsgenossen des Verfassers mag sie weniger amüsiert haben. Man hat wiederholentlich im Reichstag von dem – die Parlamentarier gebrauchten den Ausdruck – Schweineglück gesprochen, das die Sozialdemokraten den lächerlichen Missgriffen ihrer Feinde verdanken. Auch wir haben dem Herrn zu danken. Voll anzuerkennen in der Broschüre ist die Offenheit, die Ganzheit, mit der der Verfasser seine tapfere Lanze für den Schwachsinn des Weibes einlegt, der nötig und nützlich für das Geschöpf sei, das nur zur Gebärerin und Brutpflegerin taugt. Letzteren Ausdruck lieben die Ärzte, wahrscheinlich wegen seines animalischen Beigeschmacks. Der Herr Möbius teilt in der Vorrede mit, dass er auf seine Broschüre hin viele zustimmende Briefe erhalten habe. Eine Veröffentlichung dieser Briefe (Namensnennung unnötig) wäre ungemein interessant. Es läge dabei keine Indiskretion vor, da die Zuschriften sich ja nicht an den Privatmann, sondern den Verfasser der Schrift richten. Bei einer solchen Veröffentlichung würde sich die Geistesart der Briefsteller herausstellen und, ob gerade diese Leute so sehr berechtigt waren, sich für den Schwachsinn des Weibes zu begeistern.

Seine Beweise für des Weibes Schwachsinn. *Erstens:* Ihre geistige und moralische Beschaffenheit. *Zweitens:* Ihre Leistungen. *Drittens*: Die Notwendigkeit ihres Schwachsinnes um der Mütterlichkeit willen.

Nur einen einzigen wissenschaftlichen Beweis bringt er bei, und zwar einen anatomisch-wissenschaftlichen. Er verdankt ihn einem Kollegen. Der heißt Rüdiger und ist hinter eine ganz mangelhafte Gehirnrinde des Weibes gekommen. Ob andere mehr oder minder berühmte Physiologen auch dahinter gekommen sind, weiß ich nicht, dass sie dieselben Schlüsse wie Möbius daraus ziehen, bezweifle ich.

Früher legte man zur Begründung der weiblichen Inferiorität den Nachdruck auf die Kleinheit des Frauengehirns. Seitdem sich aber herausstellte, dass das Hirngewicht des Hauptvertreters dieser Ansicht (erst nach seinem Tode, bemerke ich, um Missverständnissen vorzubeugen) hinter dem Durchschnittsgewicht weiblicher Gehirne zurückblieb, hat man diesen Beweis fallen lassen. Gott sei Dank, hat sich ja nun als Ersatz die mangelhafte Konstruktion des weiblichen Denkorganes eingestellt.

Nun, ich denke, wenn die dümmsten, männlichen Europäer über eine schöne Gehirnrinde, und die klügsten Frauen über eine verkümmerte verfügen, so können wir die Rüdiger und die Möbiusse auf den Lorbeeren ihrer Entdeckung ohne Aufregung ruhen lassen. Vor Jahren wandte ich mich einmal an einen berühmten Arzt, der auf dem Gebiet der Gehirnkunde für eine Autorität galt, mit der Frage, ob aus der verschiedenen Gehirnkonstruktion von Mann und Weib ein Schluss auf die Minderwertigkeit der Frau zu ziehen sei. Seine Antwort lautete: »Nein.«

Die Beschaffenheit des Weibes. »Es ist geradezu kindisch, die Beschaffenheit des Weibes, wie sie zu allen Zeiten und in allen Völkern vorhanden ist, für ein Ergebnis der Willkür (der Willkür?) zu halten. Die Sitte ist das Sekundäre, nicht sie hat das Weib an seinen Platz gestellt, sondern die Natur hat dieses dem Manne untergeordnet und deshalb wurde die Sitte.«

Zu allen Zeiten? Die unserm Wissen erschlossenen Zeiträume umfassen ein paar Jahrtausende, ein verschwindender Zeitpunkt im Vergleich zu den Milliarden von Jahren, die noch im Schoß der Ewigkeit ruhen. Aber selbst in diesem kurzen Zeitraum war der Frauen Stellung bedeutenden Schwankungen unterworfen, von den mythischen Amazonen, von der Epoche des Matriarchats bis zu den Frauen barbarischer Stämme, die als unreine Geschöpfe nicht mit dem Manne an einem Tische essen durften.

Der Herr Möbius proklamierte die Stabilität der Sitte. Wie? Die Sitte wäre immer der Ausdruck des von der Natur gewollten gewesen? Sind Sitten nicht ein Spiegel des Kulturzustandes der Zeit? und nicht einmal das, oft sind sie nur ein Spiegel vergangener Kulturzustände.

Die Philosophen führen den Ursprung der Sitte auf den Nutzen zurück, den einmal ein Gemeinwesen, oder eine herrschende Partei von ihrer Einführung sich versprach? Allmählich bürgerte sich die Sitte ein. Man vergaß ihren Ursprung, und im Laufe langer Zeiträume wurde sie der Gesinnung einverleibt, und je länger ihr Ursprung in der Vergangenheit zurücklag, mit um so größerer Autorität trat sie auf, und schließlich sprachen die Gläubigen der Sitte sie heilig.

Weil es bisher immer so gewesen, muss es auch in aller Zukunft so bleiben? Fast scheint das Umgekehrte wahr. Müsste man nicht, sich des Ursprunges der Sitte erinnernd, sie um so gründlicher auf ihre Daseinsberechtigung hin prüfen, je länger sie Bestand hat? Vorstellungen, Denkprozesse durchlaufen am liebsten die gewohnten Nervenbahnen, bis irgend ein großer Gewohnheitsbrecher erscheint, die alten Gesetzestafeln zerschmettert, und neue, oft mit Blut zusammengeschweißte, aufhängt.

Die Stabilität der Sitte erklären heißt: Die indischen Witwen müssen ewig verbrannt werden, und die Ketzer und die

Hexen auch. Wie lange muss eine Sitte bestehen, um von dem Möbius heilig gesprochen zu werden? Die Hexenprozesse umfassten drei Jahrhunderte (1400 – 1700). Langt das? Vergewaltigungen, die Jahrtausende andauern, tun um so weher. Die Tschandalas, die Parias, wurden durch Jahrtausende als tierische Geschöpfe von jedem Menschenrecht ausgeschlossen. Und die Sklaverei, die selbst dem edelsten Volke des Altertums als eine Naturnotwendigkeit galt, und deren *beaux restes* sich heute noch in Afrika erhalten? Und der Krieg? ewig, weil er an allen Orten und zu allen Zeiten die Menschheit grausam dezimierte?

Ja, seit wie lange gilt denn nach Sitte und Herkommen der Bürgerliche als ein dem Adel gleichberechtigter Staatsangehöriger? Sprach nicht noch Metternich das freche Wort: »Der Mensch fängt erst mit dem Baron an.« Und neulich hörte ich sogar von einem lieben, ehrwürdigen Professor der Mathematik, dass der zivilisierte Mensch erst mit dem Mathematiker anfinge. Der Herr Möbius – er sitzt, wie es scheint im Aufsichtsrat der Schöpfung – übertrumpft sie: Der Mensch fängt erst mit dem Manne an, und bei der Frau hört er auf.

In unserm Hause war ein Portier, der ab und zu seine Frau und seine erwachsene Tochter jämmerlich zerbläute. Von einem Hausbewohner energisch zur Rede gestellt, antwortete er: »Sie estimieren mir nich als Mann.«

Nicht ein Symbolikum dieser Portier?

Der Möbius korrigiert einen Schriftsteller, der sich über die Unwissenheit der eben schulentlassenen Mädchen wundert und diese Unwissenheit auf die Mangelhaftigkeit der Schulen zurückführt.

O, nein! Die Schule ist unschuldig. »Das rasche Verlernen ist bei den Mädchen eine Hilfe der Natur gegen die Schultyrannei. Das weibliche Gehirn stößt das aufgezwungene rasch wieder ab.« Eine Meinung, die ihn nicht hindert (S. 19) zuzugeben, dass sie, die Mädchen, das Gelernte ebenso gut wie die Männer merken, – und einige Sätze später seine Ansicht wieder dahin zu modifizieren, dass sie zwar sehr gut lernen, es wäre aber nur ein Auswendiglernen, und sie vergäßen das Gelernte so schnell, nicht weil sie es nicht behalten könnten, sondern weil sie es nicht behalten wollten. – Aber vorher vergaßen sie es doch, weil sie nicht anders konnten?

Schreiende Widersprüche sind geradezu ein Kennzeichen des Antifeministen. Sehr erklärlich. Weil die Tatsachen ihren Behauptungen ins Gesicht schlagen, verrenken sie sich nun das Gehirn, um beide in Einklang zu bringen.

Sie sind ausgezeichnete Schülerinnen, sagte er, aber »das Lernen ist ihnen widerwärtig, wenn es ihnen nicht in der nächsten Nähe einen persönlichen Vorteil bietet.« Ja, um Gottes Willen, warum drängen sie sich denn zum Lernen? der Knabe, der Jüngling wird dazu gezwungen, das Mädchen mit nichten. Und welche Vorteile in nächster Nähe bietet es ihnen denn? wenn wir vom ärztlichen Beruf absehen, nicht einmal Vorteile in der Ferne, da sie das Erlernte – vorläufig – für ihre Existenz nicht verwerten können. Aus Eitelkeit? Aber die studierten Frauenzimmer sollen doch den Männern ein Greuel sein. Übrigens, ich nehme die »Frauenzimmer« zurück, die Möbiusse pflegen neuerdings, wenn sie das Emanzipationsweib abtun wollen, »Damen« zu sagen.

»Ihr Instinkt macht das Weib tierähnlich, unselbständig, sicher, heiter. Es macht sie bewundernswert und anziehend.«

Ja? Die Tierähnlichkeit macht sie bewundernswert? Wir nehmen Akt von diesem Bekenntnis. Wir wollen der Tierliebe des Herrn nicht zu nahe treten. Aber weil er das Weib tierähnlich liebt, ist sie doch nicht verpflichtet, das Tier in sich zu pflegen und zu entwickeln. Wer den Menschen – angenommen, die Frau sein ein Mensch – hindert, sich aufwärts zu entwickeln, vertritt ein kulturfeindliches Element. Er ist böse.

Nun ja, meinetwegen, wir sind ziemlich garstiges Gewürm – Raupen. Aber aus Raupen werden Schmetterlinge. Nur abwarten. Wir befinden uns vielleicht gerade jetzt in dem unangenehmen Stadium der Raupenpuppe.

Und weiter kritisiert der Möbius das Weib! »Mit des Weibes Tierähnlichkeit hängen zusammen: Der Mangel eigener Urteilskraft, sie hasst das neue, ausgenommen, wenn es ihr persönlichen Vorteil bringt« (Ordinäre Geschöpfe!). »Das Weib hängt wie ein Bleigewicht an dem Manne ... hemmt den Edlen, denn sie vermag das Gute von Bösen nicht zu unterscheiden ... was jenseits der Familie ist, interessiert sie nicht.«

Was? Das steht in ihrem Sündenregister? Komisch. Die Möbiusse setzen doch Himmel und Hölle in Bewegung, damit sie sich für anderes nicht interessieren soll.

Wenn heute noch ein deutscher Wissenschaftler mit aller Energie durch die zivilisierte Welt gellt: »Schützt das Weib vor Intellektualismus!« mit wie unerschöpflicher Großmut wird man ihr in zurückliegenden Zeitaltern diesen Schutz gewährt haben.

Der Herr Möbius fährt fort: »Gerechtigkeit ist ein leerer Begriff für sie, sie ist unfähig die Heftigkeit ihrer Affekte zu beherrschen« ... »Sie ist moralisch einseitig oder defekt, zanksüchtig, boshaft, schwatzhaft.« (O Herr, in welchem Frauenmilieu hast Du Dich bewegt! Die reine Schwiegermutter aus der Posse.) Zu den Beweisen des physiologischen Schwachsinns zählt der Möbius auch den frühen Verfall des Weibes. Als Mädchen zeigt sie oft einen glänzenden, feurigen Geist. Nach der Heirat »verliert sie tatsächlich Fähigkeiten, die sie vorher besaß ... Der Verfall beginnt oft nach einigen Wochenbetten, die Geistesfähigkeiten gehen zurück, die Frauen versimpeln.«

In diesen Sätzen ist ein Kern von Wahrheit. Gewiss, manches muntere kecke Mädchen verliert in der Ehe nach einigen Wochenbetten (die Wochenbetten haben nichts damit zu tun, insoweit sie nicht Siechtum nach sich ziehen) ihre Frische und Munterkeit. Dass diese jungen Frauen vor der Versimplung besonders glänzenden Geistes gewesen sind, bezweifle ich. Die so schnell des Gehirnschwundes Bezichtigten werden in der Regel die Unbegabteren und Temperamentloseren gewesen sein, solche, die kaum je geistige Bedürfnisse hatten. Und der weltunkundige, gelehrte Herr Möbius verwechselt wohl hier Munterkeit und kokette Allüren mit glänzendem Geist; oder hat er von einem glänzenden Geist eine andere Vorstellung als andere Leute?

Zuzugeben ist, dass in dem heißen, drängenden Werben um den Mann sich die Kräfte des Mädchens steigern, weil sie sich auf einen Punkt konzentrieren. Nur teilweis entspringt dieses Werben einem exotischen Naturdrang, häufiger noch ist's ein Kampf um die Existenz. Die mittellose, berufslose, unverheiratete Frau ist leiblicher und geistiger Verkümmerung ausgesetzt. Und nichts ist natürlicher und erklärlicher, als dass sie sich aus Leibeskräften gegen das graue Elend zur Wehr setzt. Das Weib von diesem entehrenden Kampfe zu befreien ist eines der Ziele der Emanzipation.

Übrigens, mit demselben Recht, wie Möbius von der Versimpelung der Frau nach einigen Wochenbetten spricht, könnte ein anderer von der geistigen Erweckung der Frau durch die Ehe sprechen. Es steht sehr dahin, ob in der Ehe die Zahl der Versimpelten oder die der Erweckten, Aufwärtskommenden größer ist, wobei ich freilich die Ehe (wenn es nicht eine im Himmel geschlossene ist) nicht für maßgebend halte, sondern einfach den Umstand, dass der normale Mensch, falls ungünstige Verhältnisse ihn nicht hindern, mit den Jahren im geistigen Wachstum fortschreitet.

Welche Frauen versimpeln nicht? Der gelehrte Herr halte

Umschau. Es sind die Frauen der großen Welt, es sind die Künstlerinnen, überhaupt alle diejenigen, die auf irgend einem Gebiet in voller Aktivität bleiben.

Worauf der frühe Verfall der Frauen basiert, müsste er als Physiologe besser wissen als ich. Es gehört doch zum Abc seiner Wissenschaft, dass Organe, Kräfte, die außer Übung gesetzt werden, einrosten. Eine Schauspielerin bleibt oft bis in das 70. Jahr leistungsfähig. Ich erinnere mich, die fünfundsechzigjährige französische Schauspielerin Dejazet in der Hosenrolle des jungen Richelieu gesehen zu haben. Jeder kennt die Tatsache, dass alte Männer häufig zusammenbrechen, wenn man ihnen ihr Amt nimmt. Man gebe einer alten Frau, die anfängt in Marasmus zu versinken, eine Aufgabe, etwa ein verwaistes Enkelchen zu erziehen oder eine erkrankte geliebte Person zu pflegen, und sie wird wieder aufleben. Ich kenne eine mit allen möglichen Gebresten belastete achtzigjährige Greisin. Sie hat einen todkranken Sohn zu pflegen, sie pflegt ihn unausgesetzt Tag und Nacht seit länger als einem Jahr. An dem Tage, an dem ihr Sohn stirbt, wird auch sie sterben, nicht eher.

Vom Aufhören der Menstruen (das um das fünfzigste Lebensjahr herum, oft früher eintritt) datiert der Herr Möbius nach altem Brauch »Das alte Weib.« Und von diesem Zeitpunkt an geht dieses misslungene Werk der Schöpfung absoluter Ekelhaftigkeit entgegen. »Man kann sich – sagt er – auf das verlassen, was das Gesicht sagt.« Hässlichkeit ist hassenswert und die alten Weiber sind hässlich. (Ah, ich merke, der Herr Möbius ist ein schöner alter Herr.)

Nun, sind die alten Weiber gar so wüst hässlich, so sollen sie versuchen die bessernde Hand an ihr gräuliches Aussehen zu legen und sich embellieren.

Wodurch? Gerade durch das, was der Möbius ihnen wehren will: Verfeinerung und Erhöhung der Intelligenz, Tätigkeiten, die Seele und Geist veredeln, denn »Es ist eine

Gerechtigkeit auf Erden, dass die Gesichter wie die Menschen werden.«

»Der Spott über die alten Weiber kann nicht grundlos sein. Woher sollte dieser Spott kommen, wenn er nicht berechtigt wäre? ihre eigenen Eigenschaften müssen schuld daran sein, denn der Mann hasst das Weib nicht, es sei denn, dass er gezwungen ist mit ihm zu kämpfen.«

Wir nehmen Akt von diesem offenen Bekenntnis, dass der Mann das Weib als Konkurrentin hasst, obwohl auch das nicht recht verständlich ist, da der Mann mit der prachtvollen Gehirnrinde ja doch immer das triste Geschöpf, dem Gott sein Oberstübchen so armselig möbliert hat, schlagen würde.

»Ihre Boshaftigkeit hat man ihr nicht angekreidet, so lange sie körperliche Reize hatte. Durch den Schwachsinn des alten Weibes tritt diese Bosheit unverhüllt zutage und nimmt lächerliche Formen an« u.s.w. (Radau-Antifeminismus?)

Als ich diese Stellen las, dachte ich bei mir: Na, wo bleibt dabei die Ehrerbietung vor der alten Mutter? Noch aber hatte ich es nicht zu Ende gedacht, da stand es schon: »Aber ihre mütterliche Gesinnung bleibt mitsamt ihrem Schatz von Zärtlichkeit.«

Ich muss sagen, wenn ich der Sohn einer so grässlichen alten Hexe wäre, ihre Zärtlichkeit würde mich anwidern.

Seine Merkmale des weiblichen Alterschwachsinns sind von mitleiderweckender Kleinlichkeit, so führt er z.B. ihre Sparsamkeit am unrechten Ort an. Der sprichwörtliche Geizkragen, der Harpagus, ist ein Mann. Vielleicht spart der aber am rechten Ort?

Nachdem der schöne alte Herr Möbius dem Weibe die lange Liste ihrer tierähnlichen Qualitäten entrollt hat, setzt er mit goldiger Naivität hinzu: »Sehen wir uns auch genötigt, das normale Weib für schwachsinnig zu erklären, so ist damit doch nichts zum Nachteil des Weibes gesagt.« Kleiner Schäker!

Bei keinem einzigen unserer Gegner fehlt der Ausspruch, dass die Frau zwar anderswertig, aber beileibe nicht minderwertiger als der Mann sei, man mag ihren Schwachsinn behaupten, oder dem lieben Gott nachsagen, dass er mit ihrem Körper Pfuscherarbeit geliefert habe. So wäre am Ende das Tier auch nicht minderwertiger als der Mensch, indem es seine Bestimmung als Tier bestens erfüllt.

Seine Vererbungstheorien sind mir ganz unklar geblieben. Ich habe nur so viel verstanden, dass das Weib von den Talenten des Mannes nichts erbt, er aber von dem künftigen Gehirnweib die Weibischkeit erben wird.

Aber wie soll das Gehirnweib – angenommen, man lässt sie überhaupt zum Gebären zu – die Weibischkeit vererben, die diese Männin doch gar nicht mehr hat?

Seite 23 sagt der Möbius ausdrücklich, dass »der weibliche Schwachsinn nicht nur vorhanden, sondern auch dem Weibe um des Mutterberufs willen notwendig sei.« Wahrscheinlich müsste man in ihr anzüchten, wenn der liebe Gott damit hinter dem Berge gehalten hätte.

»Die Natur gab ihr alles zu ihrem edlen Beruf Nötige.«

Es mutet etwas sonderbar an, sogar sehr sonderbar, dass Schwachsinn, Bosheit, Zanksucht, Lügenhaftigkeit, (mit denselben Worten wie Nietzsche sagt er: »Nichts wäre törichter, als den Frauen das Lügen verbieten zu wollen«) das Unvermögen, ihre heftigen Affekte zu beherrschen

das Weib zu dem edlen Beruf besonders befähigen sollen. Einen Augenblick scheint er das selbst gefühlt zu haben, denn unverhofft wird sie daneben auch kindähnlich, heiter, geduldig und schlichten Geistes, weil sie nämlich nicht bloß da ist, um Kinder zu gebären, sondern auch um sie zu pflegen.

Hier passiert dem Herrn eine Schlauheit, (die einzige wohl in der Schrift) er unterschlägt ihre Erziehungstätigkeit, auf die seine Gesinnungsgenossen den größten Wert zu legen pflegen. Das geht denn doch selbst bei dem »schönen alten Herrn« nicht an, das schwachsinnige Geschlecht mit der Erziehung der Kinder zu betrauen.

»Die modernen Närrinnen sind schlechte Gebärerinnen und Mütter.« Das denkt er sich aus. Er ist gewiss ein ehrenwerter Mann. Aber hier verleumdet er einfach, der »schöne alte Herr« Möbius. Wie wäre es, wenn die durch ihre Gehirntätigkeit herabgekommenen »Damen« zum Ausgleich sich Naturburschen, Männer von strotzender Kraftfülle, Nichtgehirnmänner zu Vätern ihrer Kinder wählten, nach dem Muster der berühmten pythagoräischen Philosophin Mysia, die dem stärksten Athleten ihres Landes die Hand zum Ehebunde reichte. Nebenbei bemerke ich, dass es für den Herrn Möbius sehr nützlich wäre, die Geschichte dieser alten Philosophinnen zu lesen. Er würde zu seinem Erstaunen erfahren, dass diese »Damen«, die oft viele Kinder hatten (Theana hatte deren neun) den Ruf ausgezeichneter Mütter und Gattinnen genossen.

Die Heiligkeit der Mutterschaft, dass der Wert des Weibes in seiner Mütterlichkeit ruhe, sind Sätze von erprobter ethischer Wirkung. Die Heiligkeit scheint aber im Standesamt, nicht in der Mutterschaft zu liegen. Fällt ersteres aus, so ist's gleich der Mann mit dem Pferdefuß, der der Mutterschaft das Teufelszeichen aufdrückt.

Und wer hat je bemerkt, dass die verheiratete Frau, die nicht Mutter geworden ist, in der Schätzung der Gesellschaft auch nur um einen Schatten tiefer steht, als die mit Kindern gesegnete? Ob sie Mutter geworden oder kinderlos geblieben ist, darnach kräht kein Hahn. Den Männern ist sogar im allgemeinen die Nichtmutter unter den Verheirateten sympathischer als die Mutter.

Leistungen der Frau. Grundbeweis ihrer geistigen Sterilität sind die Leistungen des Weibes auf allen Gebieten, die Möbius für völlig wertlos, gleich Null erachtet. Es sei ein Kniff, dass es ihnen an Übung und Bildungsmöglichkeit gefehlt habe. Ein wirkliches weibliches Talent hält er für Hermaphroditismus.

Ich möchte hier kurz zusammenfassen, was über die bisherigen Leistungen der Frau zu sagen ist. Es mag nicht neu sein. In vielen Fällen aber sind Wiederholungen – wir haben das von unsern Feinden gelernt – zweckmäßig, zuweilen geboten.

Wenn die Antifeministen der Frau die Fähigkeit für höhere kulturelle Leistungen absprechen, so berufen sie sich dabei einmütig auf die Natur des Weibes. Sie nehmen an, dass Gott der Herr dem Weibe ganz bestimmte, für alle Ewigkeit unabänderliche Berufs-Qualitäten anerschaffen hat. Und so herrlich hat der liebe Gott es gedeichselt: alles, was sie soll und was sie darf, das ist ja eben ihr Glück, ihr alleiniges; und was sie nicht soll und nicht darf – täte sie es trotzdem, es wäre ihr Verderben. Und sieht das Weib das nicht ein, so ist das eben – ihr Pech.

Jeder Sekundaner weiß heutzutage, dass nach dem Gesetz der Anpassung durch fortgesetzte, andauernde Ausübung bestimmter Tätigkeiten, auch diesen Tätigkeiten entsprechende Eigenschaften erworben werden, während nicht geübte Fähigkeiten rudimentär werden.

Es ist eine naturwissenschaftliche Tatsache, dass Tierchen, die durch irgend einen Zufall in dunkle Höhlen geraten und dort Generationen hindurch verbleiben, ihre Augen verlieren. Sie verlieren sie, weil sie sie nicht mehr brauchen.

Man verwehrt den Frauen Gehirnarbeit, entzieht ihnen die Möglichkeit, Willens- und Tatkraft zu üben, und nähern sie sich dann in ihren schwächeren Exemplaren – auf dem Wege der Anpassung – dem Schafideal, so ruft man triumphierend: »Seht da – die Natur des Weibes!«

Und die Natur des Mannes? Ist der Mann von heut etwa ein natürliches Produkt der Schöpfung? Nicht ebenso wie die Frau ein durch bestimmte soziale Bedingungen historisch Gewordenes? Von ursprünglicher Natur kann etwa bei dem Wilden die Rede sein, der, wenn er Hunger hat, seinen Mitmenschen auffrisst, und der das Weib vergewaltigt, wenn ihn die Lust dazu anwandelt. Gott schütze uns vor der ursprünglichen Natur.

Nicht erstaunlich, dass, trotzdem die Frau seit Jahrtausenden nur zu häuslichen Verrichtungen verwendet und abgerichtet wurde, es immerhin noch eine beträchtliche Anzahl weiblicher Individuen gibt, die durch Intelligenz, Tatkraft, künstlerische oder wissenschaftliche Leistungen sich hervortun?

Und das hat sie in der Tat dem Manne zu verdanken, der, ebenfalls nach einem Naturgesetz, bei der Vererbung an seine Kinder – worunter auch die Mädchen zu verstehen sind – beteiligt ist. Andernfalls wären sie wahrscheinlich längst zu den zahmen oder auch bissigen Haustieren geworden, wie der Möbius sie schildert.

Einer der effektvollsten, weithin bekannten Einwürfe gegen das Frauenstudium lautet: Weil das Weibtum bisher keine Geistesgrößen, keinen Goethe, Kant, Humboldt hervorgebracht hat, ist das Weib unbefähigt höhere Kulturwerte zu schaffen. Wieder und wieder können die Frauen diesem Einwand mit dem Hinweis darauf begegnen, dass weder Goethe, noch Humboldt, noch Darwin in der Lage gewesen wären, ein einziges ihrer Werke zu schreiben, wenn ihre Bildung mit der Töchterschule abgeschlossen hätte. Man stellt sich taub, und nach wie vor wird in antifeministischen Schriften dieser Einwand als Kernschuss gegen die Emanzipation abgefeuert. Ja, hält man denn die Frauen für Genies, von denen zu erwarten ist, dass sie auch mit der notdürftigsten Bildung wissenschaftliche Probleme zu lösen imstande sein müssten?

In welcher Art und Weise die Tatsache ihrer unerheblichen Leistungen gegen die Emanzipation nutzbar gemacht wird, mag ein Beispiel erläutern: Ich hörte den Vortrag eines ausgesprochenen Feministen, in dem er auf das lebhafteste die grausamen Unterdrückungen schilderte, die das Weib seit Jahrtausenden erduldet. Er müsse aber doch – trotzdem ihr diese Unterdrückungen in hohem Grade anzurechnen wären – ihre Befähigung für epochemachende Kulturwerke bezweifeln, denn – selbst auf denjenigen Arbeitsfeldern wie Spinnen, Weben, Nähen, wo sie von jeher zu Hause gewesen, habe sie sich über maschinelle Handgeschicklichkeit nicht erhoben. »Nicht Frauen – Männer sind es, die Webe-, Spinn- und Nähmaschinen erfunden haben.«

Sollte diese Ansicht unseres Freundes nicht der Folgerichtigkeit entbehren? Diese unterdrückten, in der Enge des Hauses, ohne Kultur aufgewachsenen, immer webenden, spinnenden, nähenden Frauen, hätte er sie nicht etwa mit den schlesischen Webern oder mit Schneidergesellen (erfanden die je eine Maschine?) in eine Linie stellen müssen? nicht aber mit jenen großen Technikern und Ingenieuren, die auf der Höhe der Kultur ihrer Zeit standen?

Die Tatsache, dass Frauen noch nie beachtenswerte Maschinen erfanden, ist richtig. Ob sie nach einigen Jahrhunderten noch richtig sein wird, steht dahin.

Auch aus dem Proletariat sind nur ausnahmsweise Leuchten der Kunst und Wissenschaft hervorgegangen, und auch diese Ausnahmen verdankten glücklichen Zufällen eine Ausbildung, ohne die sie in ihrem Dunkel verblieben wären. Auffällig begabte Knaben finden zuweilen einen Mäzen, der sich ihrer annimmt. Wer achtet auf große Begabungen weiblicher Proletarierkinder!

Dieses Nichtbeachten gilt – wenn auch nicht so uneingeschränkt – für das weibliche Kind überhaupt. Und damit fehlt eine Vorbedingung für das künstlerische oder wissenschaftliche Eingreifen der Frau in die Kultur.

Keiner kann wissen, was aus ihm wird, ehe er die Wege gegangen, die zu seinem Ziel führen. Kein Handwerker weiß, ob er in seinem Fach Erhebliches leisten wird, ehe er an der Arbeit war. Ein Arzt muss erst studiert und dann praktiziert haben, ehe ein Urteil über seine Fähigkeiten zu fällen ist.

Den Kräften der Frau alle Gebiete menschlichen Schaffens zugänglich zu machen – dieser Versuch muss und wird gemacht werden. Die Naturforscher wissen es: nur über das Experiment geht der Weg zur Erkenntnis. Ich kann ein Genie des Könnens sein, ich muss doch aber erst lernen, wie ich können kann.

Wir lesen oder hören wieder und wieder, dass der private Bildungsgang den Frauen immer offen gestanden habe; ein namhafter Professor der Philosophie betont, dass man wenigstens zu keiner Zeit sie an philosophischen Studien gehindert habe, womit er nur meinen kann, dass man die Bücherschränke vor ihnen nicht verschlossen hat.

Dieser Privatweg hätte doch nur Früchte tragen können, wenn dem weiblichen Geschlecht dieselben Lehrkräfte wie dem männlichen zur Verfügung gestanden hätten. Schwerlich aber würden sich hervorragende Dozenten herbeigelassen haben, jungen Damen in Privatstunden die Wissenschaften beizubringen, und hätten sie es getan, so wären ihre Honorare nur für Millionärstöchter erschwingbar gewesen.

Abgesehen davon, dass es immerhin Frauen gibt und gegeben hat, denen Geistesgröße nicht abzusprechen ist, wieviel Geistesschätze weiblicher Individuen mögen mittelbar durch die Männer in den allgemeinen Geistesstrom übergegangen sein. Schreibt doch, beispielsweise, Stuart Mill: »In beiden Sphären des Denkens habe ich von meiner Frau mehr gelernt, als aus allen anderen Quellen zusammengenommen. Ihr Geist drang stets mitten ins Herz und Mark der Sache, ergriff allemal ihr Wesen.«

Als er von Carlyle spricht, sagt er: während er selbst sich nie getraut, über Carlyles intuitive Dichternatur ein Endurteil zu fällen, habe er sein Wesen klar erkannt, nachdem es ihm enthüllt worden »durch Eine, die uns Beiden weit überlegen war, die ein größerer Dichter war als er und ein größerer Denker als ich, deren eigener Geist und Natur die seine und weit mehr einschloss.« Und wer kennt diese Frau! Nur die Kritiker, wie es scheint, die Mills Selbstbiographie besprochen haben, und die übereinstimmend die Aufrichtigkeit Mills in diesem Punkt bezweifeln und die Möglichkeit der Tatsache in Abrede stellen. Der gütigste dieser Kritiker meinte, »hier habe der Dichtergeist einer leidenschaftlichen Liebe dem Philosophen die Feder geführt.«

Mills Gattin war Jahre lang zuvor, ehe er das schrieb, als eine ältliche Frau gestorben. Eher als man einer Frau Geistes- und Charaktergröße zugesteht, glaubt man an das Wunder einer Liebesleidenschaft für eine ältliche Dame.

Der Litterarhistoriker Bernays schreibt gelegentlich einer Besprechung der Schlegel'schen Shakespeare-Übersetzung: »Die Manuskripte, welche zum Studium dieser Arbeit vorliegen, weisen eine sehr tätige Teilnahme von Schlegels Gattin Karoline nach. Oft finden wir bei einzelnen Versen, nach immer und immer wiederholten Versuchen die zweckmäßigste Form zu finden, den letzten und giltig gebliebenen Ausdruck von Karolinens Hand hineingeschrieben.«

Als Paracelsus im Jahre 1524 sämtliche Arzneien verbrannte, erklärte er, nichts weiter zu wissen, als was er von den Hexen gelernt habe.

Geschichtschreiber berichten, dass es im Mittelalter eine große Anzahl von Minnesängerinnen gab. Die Sitte aber erlaubte nicht ihre Namen zu nennen. Auch ein Teil der Volkspoesien rühre von Frauen her, was schon daraus erhelle, dass diese Volkslieder die Liebe des Weibes zum Manne zum Inhalt hatten.

Die Frauen sind niemals am Studium gehindert worden?

Ein berühmter Anatom schrieb: »Jeder der Kulturgeschichte nur einigermaßen Kundige weiß, dass diese angebliche Unterdrückung seit dem letzten Jahrtausend bei den Kulturvölkern des christlichen Europas gar nicht vorhanden war!«

Das schrieb ein Mann, der in demselben Atem aussprach: »Ich bin fest entschlossen, weiblichen Zuhörern zu meinen Vorlesungen niemals den Zutritt zu gestatten«, und der noch hinzufügt, »dass er nicht zum Unterricht von Mädchen genötigt werden könne.«

Er selbst beweist die Ausschließung durch sein Beispiel, stellt sein Tun als das einzig normale und richtige hin und knüpft daran die Schlussfolgerung, dass gar nicht die Möglichkeit einer Behinderung des Frauenstudiums existiere.

Tritt in dieser Vorstellungsweise nicht dieselbe blasse Ironie zu Tage wie in einem Gesetz der alten Egypter in bezug auf die Frauen? Erster Artikel: Die Frau ist berechtigt zu gehen und zu kommen, wohin sie will. Zweiter Artikel: Ohne Schuhwerk darf sie aber nicht ausgehen. Dritter Artikel: Jedwedem Schuhmacher wird verboten, Schuhwerk an eine Frau zu verkaufen.[3]

Und wüsste die Kulturgeschichte nichts von den Unterdrückungen, ich weiß davon, und ich bin in diesem Fall kompetenter als die Kulturgeschichte.

Vor einige Jahren provozierten in der Sorbonne (Paris) Studenten einen Skandal. Sie forderten die Entfernung der Damen aus den Vorlesungen.

Die Radauszenen, die vor einigen Jahren zu demselben Zweck in Halle stattfanden, sind noch in aller Gedächtnis.

Hätten aber selbst Professoren und Studenten sich den Frauen willfährig erwiesen, es gibt etwas, das mächtiger ist

---

3   Aus meinem Buch »Der Frauen Natur und Recht.«

als huldreiche Konzessionen, als Gesetzesvorschriften und Verbote: Sitte und Herkommen ist's.

Stärkere Schranken als allgemein gültige Zeitanschauungen – die immer nur einzelne kühne Geister zu durchbrechen wagen – sind kaum denkbar. Ein Beweis ist Italien. Dort standen seit einer Reihe von Jahren die Universitäten bedingungslos den Frauen offen. Sie gingen an den offenen Türen vorüber, einzutreten war gegen die Sitte. Dazu kam freilich, dass die Mangelhaftigkeit der italienischen Mädchenschulen kaum angetan war, geistige Bedürfnisse zu wecken.[4]

Man nahm an, und die Majorität nimmt es heut noch an, dass die Entwickelung und Ausübung eines Talents den Mutter- und Hausfrauenberuf des Weibes schädige. Wie ja auch in Königshäusern etwaige künstlerische Talente in den seltensten Fällen zur Ausbildung gelangen, in der Annahme, dass z.B. Malen und Regieren nicht vereinbar seien.

Der Herr Möbius lese die Memoiren der in ihrer Zeit (der Goethezeit) berühmten Malerin Luise Seidler, er lese, welche unsagbare Mühe sie hatte, überhaupt nur einen Lehrer zu finden, und als es ihr endlich gelang, hatte sie es nur dem Mitleid zu danken – mit ihrer Taubheit.

Er lese in den Mendelssohn'schen Briefen, wie Abraham Mendelssohn, ein für seine Zeit ungemein intelligenter und vorurteilsloser Mann, sich energisch gegen den Musikberuf seiner Tochter, als durchaus unweiblich, wehrte. Ihre Lieder, von denen Felix Mendelssohn sagte: »dass sie schöner sind, als gesagt werden kann, sie seien, als ob es die Seele von der Musik wäre«, musste sie unter dem Namen ihres Bruders drucken lassen.

Auf dem Berliner Frauenkongress vor fünf Jahren berichtete die Bildhauerin Elisabeth Ney von den unendlichen Schwierigkeiten, die ihrer Ausbildung entgegenstanden,

---

4   Neuerdings ist die Sachlage eine völlig andere geworden.

was umsomehr ins Gewicht fällt, da sie sehr schön war, und Schönheit – wo es gilt, Männer zu rühren und Sitten zu beugen – der Taubheit die Palme streitig machen dürfte.

In neuester Zeit fallen die Schranken langsam – langsam. Aber immer noch ist der Frau die Akademie verschlossen. Nur in Privat-Ateliers, die für Unbemittelte zu teuer sind, kann sie ihre Ausbildung gewinnen. Trotzdem giebt es heut schon einige Malerinnen, die es zur Meisterschaft gebracht haben.

Seite 15 heißt es: »Ja selbst als Schneider, Köche leisten die Männer mehr als ihre weiblichen Konkurrenten.« Gewiss, in vielen Fällen. Der Herr Möbius weiß, woran es liegt: »an der größeren Intelligenz der Männer, da ja die Geschicklichkeit eine Leistung der Gehirnrinde ist.« Auf ihre defekte Gehirnrinde führt er ihre schwachen Nadel- und Kochleistungen zurück, beileibe nicht auf den Umstand, dass den Söhnen einer Familie eine gründliche und jahrelange Lehrzeit zuteil wird, die den Mädchen in der Regel versagt bleibt. Unter Opfern bringen mehr oder weniger arme Eltern die Kosten für die lange Lehrzeit ihrer Söhne auf. Dasselbe für die Mädchen zu tun, übersteigt meistens ihre Kraft. Und nichts ist selbstverständlicher, als dass sie, wenn sie die Wahl zwischen Sohn und Tochter haben, den Sohn bevorzugen, da sie für die Tochter auf den ehelichen Versorger rechnen.

Außerdem ist nicht einmal wahr, was der Herr Möbius sagt. In Berlin wenigstens bedienen sich die vornehmen und eleganten Damen meist der Schneiderinnen. Wie es in Leipzig ist, weiß ich nicht.

Gehört zur Führung eines größeren Haushalts, zur Herrschaft und Disziplinierung der Dienstboten, der Aufziehung der Kinder nicht diejenige Geschicklichkeit, die eine Leistung der Gehirnrinde ist?

Bei der Betätigung, die man der Frau an der Kultur- und Berufswelt gestatten möchte, scheint auch heut noch das Ja oder Nein an ein bestimmtes Prinzip geknüpft. Ja, – wo die Frau zur Lust oder zum Nutzen der Gesamtheit unentbehrlich ist, bei der Bühne, als Krankenwärterin und in einigen anderen Erwerben. Nein – wenn sie durch den Mann ersetzt werden kann.

Mir scheint, nicht das ist die Frage: brauchen die Männer oder der Staat die Frauen, sondern: was brauchen die Frauen für ihre geistige und materielle Existenz.

Wäre ich rachsüchtig, so täte ich dem Herrn Radau-Antifeministen anwünschen: Sieben Töchter, alle in schönster Reinzucht mit seinem weiblichen Schwachsinn behaftet. Und alle Sieben sollten ohne Gatten und ohne Beruf (den er ihnen ja verbietet) vor den Augen ihres Rabenvaters elend verkümmern. Und eine alte Frau Gemahlin wünschte ich ihm, gespickt mit all den Charakterraritäten des in seinem Geist spukenden alten Weibes. (Wahrscheinlich ist er gar nicht verheiratet, oder er hat eine ungeheuer kluge Frau, was ihn fürchterlich ärgert, und seine Schrift ist eine Rache, die er an ihr nimmt). Und schließlich empfehle ich ihn dem Zorn der thracischen Weiber, denn diese sollen wirklich unfähig gewesen sein, ihre heftigen Affekte zu beherrschen.

Auch den »schönen« alten Herrn Möbius nehme ich zurück. Alt – vielleicht. Schön? nein. Denn: »Es ist eine Gerechtigkeit auf Erden, dass die Gesichter wie die Menschen werden.«

Weib contra Weib

Ich komme zu einem betrübenden Abschnitt meiner Vertei-
digungsschrift, zu dem Abschnitt: »Weib gegen Weib.« Die
drei Frauen, gegen die ich mich wende, sind starke Individu-
alitäten. Sie vertreten nicht wie die Ärzte Meinungsgruppen.
Sie stehen für sich allein. Darum muss ich sie mit Namen
nennen.

Wie gegen Nietzsche, so verteidige ich mich gegen diese
halb oder ganz antifeministischen Frauen mit Gewissenss-
krupeln, denn auch sie sind auserlesenen Geistes. Die eine
ist von einer glänzenden, originellen schriftstellerischen
Begabung, die andere hat ein Engelherz und führt eine
begeisterte Feder, die dritte ist von feinster Geistigkeit und
süßer Vornehmheit. Und doch – je höher diese Frauen stehen, je verhängnisvoller muss ihr Einfluss sein, ihn zu brechen, soweit wir es vermögen, ist unabweisbare Pflicht.

Wenn Frauen, die als Mütter, Gattinnen und Hausfrauen
ein volles Genügen finden, von ihrer Persönlichkeit, ihren
Bedürfnissen ausgehend, sich den Frauenbestrebungen
gegenüber feindlich verhalten, so haben sie, eben vermöge
ihrer Persönlichkeit, eine gewisse Berechtigung für ihren
Standpunkt, wir können ihn verstehen.

Wenn aber freidenkende Schriftstellerinnen, die selbst
der Enge des Hausfrauentums entschlüpft, im goldenen
Licht der Freiheit atmen, sich gegen die Frauen wenden, so
machen sie sich einer Undankbarkeit schuldig, da sie doch
schon die Früchte ernten von dem, was jene gesäet.

Die Angriffe unserer Widersacherinnen richten sich
zumeist gegen die Frauenrechtlerinnen, die man willkürlich
von anderen Frauengruppen absondert, selbst wenn letz-

tere in ihren Grundanschauungen und Endzielen mit ihnen übereinstimmen.

Fast scheint es, als spräche bei dieser Antipathie das Wort »Frauenrechtlerin« mit. Es schmeichelt sich nicht gerade ins Ohr. Warum beseitigen wir nicht ein schlechtklingendes Wort, das noch dazu von unseren Gegnern ersonnen ist, und das einen etwas ironischen, nörglerischen Beigeschmack hat!

Die Bezeichnung »Radikale oder äußerste Linke« dürfte genügen. Radikal heißt wurzelhaft und bezeichnet am besten das Wollen und Handeln jener streitbaren Frauen, die die Axt an die Wurzel der Übel legen.

Viele Denkträge aber sind zufrieden, wenn sie mit einem Wort einen Begriff unter Dach und Fach gebracht haben. Der Begriff ist hier ein Frauentypus von abstoßender äußerer und innerer Vermännlichung.

Was die äußere Vermännlichung betrifft, so muss ich allerdings zugeben, dass zwei bis drei unter den Berliner Radikalen kurzgeschorenes Haar tragen, aber aufrichtig gesagt, ich habe diese Frisur mehr auf weibliche Koketterie (sie steht ihnen sehr nett) zurückgeführt, als auf den Drang, Männer werden zu wollen. Als die Männer früherer Jahrhunderte ihre Haare lang trugen, dachte man nicht daran, sie um dessentwillen der Weibischkeit zu zeihen. Und soll man ihnen ihre Jakets, Kravatten, Chemisettes männlichen Schnittes als Schuld anrechnen? Aber sie folgen damit einfach der Mode, an der alle anderen Damen, auch die von der Frauenfrage gänzlich Unangekränkelten, partizipieren. Ja, die eleganten Weltdamen sind ihnen in der Vermännlichung der Tracht noch um eine Nasenlänge voraus, indem sie sich der Spazierstöcke bedienen, die ich bei den Frauenrechtlerinnen noch nicht wahrgenommen habe. Altmodische Gegner fügen wohl zur Vervollständigung des Bildes noch Ältlichkeit, ein Organ, das zum Kreischen neigt, einen Kneifer und eine spitze, schnüfflige Nase hinzu.

Und der Radikalen Seelenabnormität, ihre innere Vermännlichung? Draufgängerischen Tatendrang sagt man ihnen nach, geistiges Akrobatentum, viel Ellenbogen, Haare auf den Zähnen.

Dass einzelne prononzierte Persönlichkeiten in der Agitation für Frauenrechte Antipathien erregen, ist sicher, aber völlig gleichgültig. Die Frauenfrage ist doch keine Personenfrage. Und warum sollen denn gerade diese Ruferinnen im Streit vorzugsweise Sylphiden, Madonnen, Äolsharfen sein? Wer mauerfeste Vorurteile stürzen will, bläst nicht Schalmeien, wenn es auch nicht gerade Posaunen zu sein brauchen! Wohl möglich, dass der frischgärende Most der jungen Freiheit einigen Heißspornen zu Kopfe steigt und ihnen etwas Geharnischtes gibt.

Auch unter den Nurhausfrauen kommen – und zwar recht häufig – Exemplare ausbündiger Kraftmeierei vor. Mancher Eheherr weiß ein Lied davon zu singen.

Ich kenne unter den Kämpferinnen für Frauenrechte auch Frauen von holdester weiblicher Anmut. Und alle Mittelstufen gibt's auch. Zahme und wilde gibt's, die Zahmen aber herrschen vor, noch viel zu sehr.

Hauptsächlich ist es das Vereinswesen, das den Antipathien gegen die Frauenrechtlerinnen zu Grunde liegt, es sind die gelegentlichen geistigen Raufereien in den Vereinen, die persönlichen Disharmonien, die ab und zu wie Hagelschauer, oder sonst ein Schauer, unter ihnen niedergehen.

Erst seit so kurzer Zeit sind Frauen in der öffentlichen Agitation tätig. Ist es zu verwundern, dass es ihnen hin und wieder noch an Disziplin und Selbstbeherrschung, an strenger Sachlichkeit und Unpersönlichkeit fehlt? Dass sie an einander zu wenig oder zu viel Kritik üben und noch ab und zu an Stich- und Schlagworten hängen bleiben?

Haben die Sozialisten im Reichstag nicht auch Jahre gebraucht, ehe sie sich der sentimentalen und drohenden Apostrophierungen, der Stich- und Schlagwörter enthielten?

Warum ist man denn so geärgert, überrascht, dass die Frauen sich nicht vorteilhafter von den Männern abheben, dass sie in denselben Situationen dieselben allzumenschlichen Qualitäten bekunden? Wäre es nicht ein Geschlechtsgrößenwahn, wenn die Frauen vermeinten, als Sterne am Himmel der Menschheit die Männer überstrahlen zu können!

Das heftige, heiße Gebahren steht aber den Frauen nicht zu Gesicht?

Ach, den Männern steht es auch nicht zu Gesicht. Wir sind nur an ihre Rauf- und Kampflust gewöhnt.

Können im Ernst unsere Gegnerinnen glauben, dass die in der Öffentlichkeit agitierenden Frauen, die von der Tribüne herab, die mit Petitionen und Resolutionen, Propaganda für die Frauenrechte machen, nicht nur überflüssig sind, sondern sogar eine Gefahr für die Förderung der Frauenbewegung bedeuten? dass bei dieser Frage von unermesslicher Tragweite, wo es sich darum handelt, Denkgewohnheiten von Jahrtausenden zu beseitigen, die zahme Propaganda durch ästhetische oder ethische Teekränzchen, durch Salonkauferien oder poetisierende und ethisierende Essays genügten? Dass sie es im Ernst glauben, werden wir später sehen.

Die drei Hauptrepräsentantinnen der Rückwärts-Bewegung sind: Laura Marholm, Ellen Key, Lou Andreas-Salomé. Dass sie ausgezeichnete Schriftstellerinnen sind – müsste dieser Umstand nicht selbst die Feministen stutzig machen? Nein. Denn jede dieser Frauen stellt ein Weibideal auf, das von dem ihrer Gesinnungsgenossinnen völlig verschieden ist.

Die Quintessenz ihrer Anschauungen vom Frauentum lässt sich in wenige Worte zusammenfassen. Bei Laura Marholm ist der Daseinszweck des Weibes der Mann; bei Ellen Key ist er das Kind; bei Lou Andreas-Salomé ist das Weib etwas Selbsteigenes, das nur seine eigene Entwickelung sucht. Da nun in jedem dieser Köpfe das Frauentum sich anders spiegelt, so dürfen wir wohl annehmen, dass keiner von den dreien der Träger einer ewigen Wahrheit ist.

Laura Marholm

Die orthodoxeste unter den drei Frauen, und die am meisten zitierte und bewunderte ist Laura Marholm. Mit dem ganzen Rüstzeug ihrer eminenten schriftstellerischen Begabung tritt sie der nach geistiger und ökonomischer Selbstständigkeit aufwärtsringenden Frau entgegen, zugleich sich als der Engel gerierend, der mit flammendem Geistesschwert die Männer vor der Fraueninvasion in ihre Erwerbsparadiese zu schützen sich berufen fühlt.

Die beiden Bücher, mit denen sie dieser Mission obliegt: »Das Buch der Frau« und »Zur Psychologie der Frau«, sind aus einzelnen Aufsätzen, die zu verschiedenen Zeiten in verschiedenen Journalen zum Abdruck gelangten, entstanden. Im »Buch der Frau« zeichnet sie sechs geniale Frauen, die für unsere Zeit typisch sein sollen: Marie Baschkirtzew, Charlotte Edgren-Leffler (Herzogin von Cajanello), Eleonore Duse, George Egerton und Sonja Kowalewska. Sie bietet uns mit diesen Frauenbildern einen schönen, etwas narkotisch duftenden Strauß. Nur sind Giftkräuter hineingeraten.

Sie lesen sich wie erschütternde Novellen. Lyrik und Pathos ist in ihnen. Aus dem Aufsatz über Eleonore Duse klingt etwas von Psalter und Harfe.

Ich bezweifle zwar die Ähnlichkeit der Porträts. Bei dem einzigen, das ich kontrollieren kann, das der Marie Baschkirtzew, deren Tagebuch ich gelesen, decken sich Bild und Original nicht im mindesten. Ich habe mithin ein Recht, auch an der Ähnlichkeit der anderen zu zweifeln, um so mehr, da ich die Verfahrungsart der Verfasserin kenne. Sie macht sich ein Schema zurecht, da hinein presst sie ihr Weibbild, und »ist es nicht willig, so braucht sie Gewalt.«

Für die Wirkung der Charakterbilder kommt aber die Ähnlichkeit nicht in Betracht. Wir empfinden ja auch künstlerisches Entzücken vor einem virtuos gemalten Porträt, selbst wenn wir das Original nicht kennen.

Übrigens hat sie nebenbei noch das große Verdienst, die Aufmerksamkeit des Publikums auf etliche hervorragende weibliche Persönlichkeiten gelenkt zu haben.

Wo sie aber weder Porträts zeichnet, noch persönlich Erlebtes und Empfundenes gibt, wo ihr Ehrgeiz sich an die höchsten Probleme der Menschheit wagt, da versagt ihr Talent. Die Höhen und Tiefen sind ihre schwache Seite.

Vertiefte ich mich mit wahrem Genuss in ihre Charakterbilder, so hatte ich immer schon Angst vor ihren Folgerungen, denn – ach Gott, ich wusste, da kommt wieder der Tiefsinn, der Übersinn, – Pythia kommt!

Es ist ein schweres Stück Arbeit sie zu widerlegen. Sie sagt ja immer etwas ganz anderes, als was sie schon gesagt hat.

Sie ist ein Aal, und sollten in der Zoologie schlaue Aale vorkommen, würde ich sagen: ein schlauer Aal. Will man sie an der einen Stelle greifen, schon ist sie an eine andere entschlüpft.

Man lese, was sie über den Madonnenkultus, was sie über Protestantismus und Katholizismus, über Rassenkreuzung u.s.w. sagt. Lauter völlig aus der Luft gegriffene oder aus der Tiefe ihres Gemüts geschöpfte Behauptungen. Sie kommt vom Hundertsten ins Tausendste, denkt kreuz und quer, bleibt nie bei der Stange, balanziert aber darauf, und verliert sie die Balanze, so fällt sie in einen Wortstrom, in dem sie *con amore* umherplätschert.

Ihr Geist ist ein Wirbelwind, der Spreu, Staub, fruchtbaren Samen, Totes, duftige Blüten und noch einmal Staub umherstreut.

Sie ist das Wort. Es ist, als ob die Gedanken sich ihren Worten anbequemen müssten, die oft genug auch bloß

»Ausbrüche wilder Mundübungen« sind, wie sie sie gelegentlich den germanischen Völkern vorwirft.

Nein, sie ist keine Sucherin. Sie hat Alles schon gefunden.

Die ganze Kulturgeschichte, die tiefsten Zusammenhänge aller historischen Geschehnisse, den Inhalt der Weltanschauungen aller Zeiten und Religionen, die Ursachen aller geistigen Evolutionen, alles, alles kann sie an den Fingern herzählen.

Ich höre die Botschaft, doch mir fehlt der Glaube.

Oder, soll ich glauben, dass, seitdem der Protestantismus aufgekommen, mit dem das Kind aufgehört habe, heilig zu sein, die Kindesmorde grassieren?

Soll ich glauben, dass zur Zeit des Madonnenkultus (herrscht er nicht noch in katholischen Ländern?) »die Verletzung des Weibes eine Todsünde für den Mann wurde«, und dass zugleich dieser Kultus »den Mann vom Weibe befreite«, dem Weibe, das ihm lästig fiel, und welches Weib sich gegenwärtig dafür an ihm zu rächen scheint, indem es – so sagt Laura Marholm – Ekel an ihm bekommen hat?

Soll ich glauben, weil in der modernen Malerei an den weiblichen Bildnissen nichts mehr zu sehen ist, als etwas Streifiges, Verwischtes u.s.w., dass dies der malerische Ausdruck dafür sei, dass der Mann gar nicht mehr weiß, was er mit dem Weibe anzufangen habe?

(Der Maler scheint auch nicht zu wissen, was er mit den Männern anfangen soll, er malt sie nämlich gerade so streifig, verwischt u.s.w.)

Ich glaube auch nicht, dass bei der Blutmischung von Juden und Germanen die männlichen Sprösslinge weibisch geraten (S. 266), mit krähenden Stimmen, dicken, weißen, bartlosen Gesichtern, süßlichem Lächeln u.s.w., während die weibliche Deszendenz maskuline Eigenschaften erwirbt.

Dass, falls das Weib die ihr von der Natur verliehenen Geisteskräfte entwickelt und zu ihrem Vorteil ausnutzt, sie dadurch des Vermögens verlustig geht, diese Gaben auf die Kinder zu vererben, glaube ich ebenso wenig, als dass Kranksein jetzt bei Weibern *le dernier cri du chic* ist, und Pflicht und Zierde.

»Triefte wirklich Rahel von Lebensweisheit, weil Goethe der Lebensweise war«? (um ihm nachzuahmen).

Und glaubt etwa jemand, dass die »Ursache und Wirkung der alten, Gott und Logik vertrauenden Schulästhetik die feste Burg aller Schauspielkunst ist?«

Widerspruchsvoll wie der Gedankeninhalt ihrer Bücher ist auch ihr Stil. Ein Filigranstil in überraschenden Verschlingungen, kunstvoll geschliffen. Er flimmert und prunkt und blendet. Widersprüche wechseln mit wahrhaft stupenden Willkürlichkeiten, ja eigentlich sind ihre beiden Bücher eine einzige immense Willkürlichkeit.

Ganz pikant, wie sie oft von dichterischem Schwung zu schauderhafter Derbheit und brüskem Dreinhauen übergeht, wie sie auf ihrer Leier zarte Töne anschlägt, und dazwischen scharf, spitz mit Trompetenton schmettert.

Sie findet schlagende Worte, die den Nagel auf den Kopf treffen, kühne Bilder, geistreiche originelle Wendungen, drollige Unverfrorenheiten. Hier und da berührt sie uns widrig durch Geschmacklosigkeiten; wenn sie z.B. in Wendungen, die allenfalls einem Arzt anstehen würden, von krankhaft physischen Vorgängen des Weibes spricht, oder von der Lüsternheit der jungen Mädchen, die um »die Barthaare des Mannes streichen u.s.w.«

Und dann wieder Stellen, wo aus dem Dickicht ihrer Rede reizvolle Blumen blühen, wenn es auch meist Tuberosen und Nelken sind, oder sonst etwas rotblühendes. Nur die Lilien gelingen ihr nicht, das sind künstlich papierne, und die Veilchen stehen ihr auch nicht zu Gesicht.

Niedrig, niedrig stellt sie das Weib. »Es liegt ganz nach außen in seinen Instinkten, Trieben, Bedürfnissen, Interessen. Das Weib – ja das Weib ist seelisch und physiologisch eine Kapsel über einer Leere, die erst der Mann kommen muss zu füllen. Es weiß nichts von sich, es weiß nichts vom Manne, es weiß nichts von der großen stummen Unabänderlichkeit des Lebens«, (die ist meist auch schwer zu verstehen).

So absolut Laura Marholm diese Behauptungen hinstellt, immerhin scheinen ihre sechs repräsentativen Frauen schon »vor dem Kuss, der das Dornröschen weckte«, über eine Persönlichkeit verfügt zu haben, um die mancher Mann sie hätte beneiden können. Sie nennt Sonja Kowalewska »einen königlichen Weibgeist«, was doch für jemand, der nie in den Besitz seiner Persönlichkeit gelangt ist, ganz erheblich ist.

Sie vindiziert der jungen Russin »eine starke, tiefe Individualität, ein tumultuarisches, inneres Leben, ein Verstehen, Erfassen, eine Vibration der Seele, deren frühreife Genialität ohne gleichen ist. Alles an ihr ist aus erster Hand.«

Aus erster Hand? wo bleibt der Mann? Und deckt sich eine so tiefe und starke Individualität mit der »Kapsel über einer Leere?«

Und der eigentliche Gedankeninhalt des Buches – sein Kern?

Er deckt sich so ziemlich mit dem Märchen Undine, welche Nixe bekanntlich erst durch die Liebe eine Seele empfing. Nur kraft der »durchseelten, durchsinnlichten Hingabe an den Mann tritt das Weib in den Besitz seiner Persönlichkeit.« Geliebte zu werden ist ihr Beruf.

»Im Mann beginnt das Leben des Weibes, und im Mann beschließt es sich (besonders bei den früheren indischen Witwen, verbrannten Angedenkens). In allen Fällen ist der Mann der einzige Sinn ihres Lebens. Denn des Weibes Inhalt ist der Mann.«

Sie hat solche Angst, dass die Emanzipation die durchseelte, durchsinnlichte Liebe eindämmen könnte. Sie spottet über die Mädchenschulen, deren große erzieherische Aufgabe es scheine, das Weib zur Geschlechtslosigkeit zu erziehen, sagt uns aber nicht, wie in den Mädchenschulen der Geschlechtlichkeit Rechnung zu tragen sei.

Das weibliche Backfischalter von 15-17 Jahren hält sie für das geeignetste, um das Menschengeschlecht fortzupflanzen. Nachher ist nicht mehr viel los mit den jungen Mädchen. Nie wieder sind sie so – bereit.

Wenn für das weibliche Geschlecht der Zeitpunkt unmittelbar nach vollendeter körperlicher Reife der für die Fortpflanzung der Menschheit günstigste ist, müsste dasselbe nicht auch für das männliche Geschlecht gelten? Und in der Tat, für die Bereitschaft, Vater zu werden, sprechen bei den Knaben derselben Entwicklungsstufe noch ganz andere, lebhaftere Zeichen, als die »feuchten, heißen Hände der Backfische, ihr Erbleichen und Erröten, ihr verwirrtes Augenniederschlagen u.s.w.«, die Laura Marholm für Symptome der Sehnsucht hält, »Mutter zu werden«.

Sie klagt, dass man fast seit einem Jahrhundert das Weib zu einer Scheinweiblichkeit erzogen hat. »Infolgedessen ist die Liebe immer weniger der blinde Trieb geworden, der das Weib unbedingt und uneingeschränkt dem Manne zuwirft«.

Das klingt ja recht geschlechtlich; der blinde Trieb aber, der das Weib uneingeschränkt in die Arme des Mannes wirft, dürfte kaum mit unseren Sitten in Einklang zu bringen sein.

Freilich, wenn die jungen Mädchen schon zwischen dem 15. und 17. Jahre ihrem mütterlichen Daseinszweck obliegen sollen, hat es Eile mit der Geschlechtlichkeit.

»Dichtung ist Natur, durch ein Temperament gesehen« (Zola). Laura Marholm sieht die Natur und das Weib durch ein Temperament, ihr Temperament. Sie ist eine Predigerin der Sinnlichkeit. (Natürlich fehlt es nicht an Stellen in ihren Schriften, wo sie es wieder nicht gewesen ist.) Da das Predigeramt und die Buchhändler aber Reserve auferlegen, so dämmt sie ihn zuweilen zurück, den Lavastrom der Sinnlichkeit, wenn er zu rot flutet, winkt dem Manne ab, und auf Goldgrund erscheint ein Heiligenbild, oder sie leiht wenigstens der Aphrodite einen Heiligenschein – aus Talmi.

Eine Rattenfängerin, diese Schriftstellerin, die mit ihren sinnbetörenden Melodien die Weibchen geradezu in den Hörselberg hineinpfeift. Ach, Laura Marholm, steck die Pfeife ein. Nur Allzuviele haben sich bereits unter dem Banner Aphrodites geschart, wenn auch die Durchseelung ihrer heißen Triebe hier und da etwas zu wünschen übrig lässt. Das sind die *grandes mondaines*, und andere flotte Damen der Ganz- und Halbwelt. Das sind ihre »weiblichsten Weiber«, wie sie sie S. 58 schildert: mit Bewegungen als lägen sie immer auf weichen Pfühlen, mit einer zwitschernden Plauderhaftigkeit u.s.w. Das sind die Delilas und manche andere, die zugleich des Mannes und des Teufels sind.

Etwas von Haschisch ist in dem Buch. Mit diesem »Zaubertrank im Leibe« sieht Laura Marholm nur eine Farbe: rot, hört sie nur einen Ton: den schluchzenden Flötenton der männchenlockenden Nachtigall, sie sieht, wie des »Weibes Vitalität nur unter dem Glühen des Mannes, von ihm geweckt, schwillt und blüht«.

Sie ist böse, dass die Frauenrechtlerinnen alle möglichen Rechte verlangen, nur nicht das Recht des Weibes zu lieben.

Darin bin ich mit ihr einverstanden, dass das Recht zu lieben den Frauen bisher in naturwidriger Weise verkümmert worden ist. Doch finde ich es vernünftig, dass die Radikalen über dieses Recht schweigen. Zuerst die politischen Rechte. Im Besitz des Stimmrechts, als teilnehmender Faktor an der Gesetzgebung, werden sie imstande und befugt sein, das Recht der Frau zu lieben aus seinen Einschnürungen zu befreien. Kein Stimmrecht – kein Recht zu lieben!

Ich gebe zu, es hat den Anschein oder mag auch wirklich den Tatsachen entsprechen, dass bei einer sehr großen

Anzahl von Frauen das Zentrum ihres Wesens im Geschlecht liegt, ich gebe ferner zu, dass unter diesen Frauen eine beträchtliche Anzahl das Durchschnittsniveau überragt. Daraus schließe ich aber nicht, dass allein diese Frauen ihre Naturbestimmung erfüllen und alle andersgearteten ihnen Heerfolge zu leisten haben. Ich schließe im Gegenteil daraus, dass bei diesen körperlich oder geistig reichorganisierten Naturen die überschüssigen vitalen Kräfte sich der Erotik zuwenden, weil ihnen kein anderer Spielraum gegönnt ist.

Es geht absolut aus dem Marholmschen Buch nicht hervor, was die denkende Frau unserer Zeit nun eigentlich tun soll. Studien, Auszeichnungen sind nur »Schaugerichte«, vor denen sie verschmachtet. Die Dichterin kann doch nicht im Ernst der ganzen Frauenwelt empfehlen, allerweiblichste Weiber zu werden, wie sie sie schildert.

Nehmen wir an, Laura Marholm hätte mir ihren Behauptungen recht: Das Weib gelange nur durch den Mann zu einer Persönlichkeit, und die durchseelte, durchsinnlichte Hingabe an ihn wäre der einzige Sinn seiner Existenz. Welchen Einfluss würde diese Tatsache auf das reale Frauenleben unserer Zeit haben? Das Weib kann doch nicht täglich 12-14 Stunden der Minne pflegen? Und die Pausen? Nicht lang genug für die Ausübung eines künstlerischen, wissenschaftlichen oder professionellen Berufes? Hat der Mann ihr durch seine Umarmung eine Seele einverleibt, so hat sie sie nun doch einmal, und ist es nun für die Gestaltung ihres Lebens nicht gleichgültig, von wannen ihr diese Seele gekommen ist?

Mit dem Weibsein wird die Natur ganz von selber fertig. Um das sich veredelnde Menschentum müssen wir ringen, und nicht die geschlechtlichen Nerven sind dabei maßgebend, der sittliche Nerv ist's.

»Das Geschlecht wird schon schlummern, so lange das Gehirn in Anspann geht.« Diese Wahrheit (eine ihrer Lieblingsthesen) sucht sie an ihren sechs repräsentativen Frauen nachzuweisen. Ich habe den Eindruck, dass sie erst ihre Frauenbilder geschrieben, und als sie dieselben später in einem Band sammelte, sei ihr hinterher die Idee gekommen, sie in ihre Theorie hineinzupressen.

»Alle diese sechs Frauen waren krank an einer inneren Spaltung, die erst mit der Frauenfrage in die Welt gekommen ist, an einer Spaltung zwischen ihrer Verstandesrichtung und der dunklen Basis ihrer Weibnatur. Und alle standen vor der zugeschlagenen Tür ihres inneren Heiligtums und hörten den Gottesdienst der Mysterienfeier heraus klingen und bebten in sterilen Schauern und schmachteten nach den belebenden Wonnen, von denen sie sich selbst ausgeschlossen ... Das beste Weibmaterial hat den unheimlichen Drang nach Halbmannhaftigkeit, einen Trieb zu hybrider Sterilität.«

Das beste Weibmaterial hat sicher diesen Drang nicht. Das Geschlecht schlummerte bei ihnen nie, aber nie. Dass der englische Lord, den Marie Baschkirtzew als dreizehnjähriges Kind »so heftig, so schmachtend, so echt wie ein reifes Weib liebte«, eine Erwachsene dem Kinde vorzog, war doch nicht ihre Schuld. Und als später der Neffe des Kardinals, für den sie Feuer find, sie nicht heiraten wollte, dafür konnte sie auch nichts.

Und was von der Herzensgeschichte der Duse in die Öffentlichkeit gedrungen ist, lässt durchaus nicht auf ihren Drang nach hybrider Sterilität schließen.

George Egerton, Charlotte Edgreen, Amalie Skram, alle, alle haben gar nicht daran gedacht, sich von dem Gottesdienst der Mysterienfeier ausschließen zu wollen, und ihre Schauer sind nichts weniger als steril.

Und Sonja Kowalewska liebt ihren Bojaren »wie ein junges Mädchen, das eben reif geworden, mit einer zitternden, verräterischen, steuerlosen Seligkeit ... Er war der einzige, in dem sie fühlte, das brennende Fieber des erwachenden Geschlechts stillen zu können.« Vor seiner gelassenen Ruhe aber, »schlug alles wieder nach innen zu einer trockenen, zehrenden Hitze.«

War es Sonjas Schuld, dass sie »in dem Leben des Bojaren keine phänomenale Rolle spielte«, und er sich zu dem »schmachtenden, außer sich geratenen Liebhaber«, den sie begehrte, nicht eignete? Oder soll man es ihr als Schuld anrechnen, dass sie in Unwissenheit über »die Präliminarien der Liebe« blieb, dass ihr »die Routine der Anziehung« fehlte? Denn auf diese Mängel allein führt die Verfasserin die Kühle des Bojaren zurück.

Es ist aber doch wohl kaum angängig, junge Mädchen zur Erlernung der Routine der Anziehung und der Präliminarien der Liebe anzuhalten, um sie in den Stand zu setzen, später mit Erfolg Geliebte zu werden.

Dass Sonjas Verkehr mit dem Bojaren intimster Art war, ist zweifellos. Sie reist zu ihm, sobald sie Urlaub erhält, und er will sie heiraten. Seite 187 wird uns mitgeteilt, dass Sonjas intimster Verkehr mit dem Bojaren in die Zeit fiel, wo sie »unter Anstrengungen und Nachtwachen« für den *prix Bordin* arbeitete, der ihr europäische Berühmtheit eintrug.

Nach Laura Marholm ging Marie Baschkirtzew weniger an der Schwindsucht – wie die Ärzte behaupteten – zugrunde als »am Nichtleben, an das sie ihre vitale Kraft verlor, daran, dass sie die sinnlichen und seelischen Schauder des Genießens verabsäumte, dass Bastien-Lepage nicht der Mann war, »ihre Nerven in die echten zitternden Schwingungen zu bringen. Sie war eine durch ihren verhaltenen Durst Zerstörte.«

Sonja Kowalewska starb nicht – wie die Ärzte behaupteten – an einer heftigen Erkältung, sondern an dem zu einer trockenen, zehrenden Hitze zurückgeschlagenen Fieber des Geschlechts.

Was will nun Laura Marholm eigentlich? Hätte Sonja nicht Mathematik treiben, nicht Romane dichten sollen? Wäre sie dann glücklicher und der Bojar feuriger geworden? Den Einwurf, dass keiner Sonjas »mit dem Urtrieb des Mannes« begehrte, weil sie schon im dreißigsten Jahre alt und reizlos ausgesehen, weist sie damit zurück, dass wohl gewöhnliche Frauen durch Alter und Hässlichkeit entstellt würden, das Genie aber altere nicht! So scheint sie doch hohe geistige Kapazität für einen ausgezeichneten Liebesleiter zu halten.

Sollen schon die Liebesgefühle bei Sonjas Seelenzerfall eine Rolle gespielt haben, so scheint mir eher ein Übermaß krankhafter Erotik bei ihr vorzuliegen als der Schlummer des Geschlechts und der Umstand, dass »der Treibriemen der Zeit sie erfasste und in die Runde drehte.« Unerfindlich der Zusammenhang zwischen diesem Treibriemen der Zeit und der gelassenen Ruhe des Bojaren.

Vielleicht ist eine andere Annahme, als die »vom Treibriemen der Zeit, der sie in die Runde drehte«, berechtigter, die Annahme, dass Sonja litt, weil sie eben ein Genie war, dem man ja von jeher eine Verwandtschaft mit dem Wahnsinn und die Neigung, sich in den Abgrund der eigenen Seele zu stürzen, nachgesagt hat. Genies sind Seher oder Seherinnen, und »eine jede Kassandra musste noch ihr gequältes Herz einsam in die Wüste tragen« ... Und »wer erfreute sich des Lebens, der in seine Tiefen blickt.«

Übrigens könnte sich das erotische Marholm-Weib bei ihrer Auslese wohl eines feineren Geschmacks befleißigen: »das Brutale, Massive, Protzige am Mann ist das Einzige ... was die Frau an dem Mann erschauern macht, was ihr an ihm imponiert.«

Was ist – nach Laura Marholm – die Frauenbewegung?

Sie ist »das grundsätzliche Parasitentum des Weibes.« Und ich dachte, gerade die ökonomische Selbständigkeit der Frau müsste den Mann entlasten.

Seite 126 hält sie das Frauenrechtlertum für versetzte emotionelle Dränge, abgeleitet von ihrem Zentralpunkt (dem Geschlechtsleben.) Dann wieder ist die Emanzipation ein missratener Verzweiflungscoup, was daraus erhellt, dass diese Abgeirrten »massenhaft an den Rändern aller Wege sterben.«

Wo liegen sie denn begraben?

Obgleich nun diese, zum massenhaften Hinsterben an Wegrändern Verurteilten, »wie eine Seuche Deutschland verheeren«, sind sie doch die »bestbegabtesten, energischsten, seelisch und geistig gut ausgerüsteten.«

Nicht sonderbar, dass diese Besten und Begabtesten eine Deutschland verheerende Seuche bilden, und die Minderwertigen haben recht?

Inbalde aber enthebt Laura Marholm das Weib wieder der Schuld an der Emanzipation und wälzt sie auf die Schultern von Stuart Mill und Bebel. »Die Frauen bildeten sich nach ihnen zu Nichtfrauen.«

Kurz darauf ist die Emanzipation eine Auflehnung der weiblichen Bescheidenheit gegen das Piedestal, auf das der Mann sie gestellt hat. Seite 204 ist der zentrale Grund der Frauenbewegung, dass das Weib sich jetzt selber besitzen und genießen will, was es früher zufrieden war zu vererben« …

Nein, so eine Unverschämtheit von dem Weib!

Ein andermal lässt sie die Frauenbewegung aus materieller und geistiger Not entspringen, – was jede Frauenrechtlerin nur unterschreiben kann.

Dass die Bewegung aber sogar mit dem Korsett parallel läuft (die Emanzipierten wollen es ja gerade abschaffen) und mit der Prostitution Hand in Hand geht, – wer hätte das gedacht!

Zur unheilkündenden Kassandra wird Frau Marholm, wenn sie fernsieht in die Folgen der Emanzipation. Sie sieht »schwere Krisen, ungeheures Sinken der Kultur« u.s.w.

Indem nämlich das Weib sich einem Beruf ergiebt, arbeitet es »an der Zerstörung des Mannes«, »nimmt es dem Familiengründer das Brot vom Munde weg.«

Die Verfasserin nennt die Frauen auf den eroberten Arbeitsgebieten Eindringlinge, Parasitinnen.

In der Vorrede klagt sie, »dass ihr Buch unter Hindernissen und Störungen jeder Art zustande kam, die dem Weib im Existenzkampf bereitet werden.«

Das geschieht ihr recht, das Weib soll ja gar keinen Existenzkampf führen. Mit all ihren Schriften will Laura Marholm ja nichts anderes, als dem Weib Hindernisse im Existenzkampf bereiten. Oder denkt sie, wo es sich um ihre eigene Person handelt: »Ja Bauer, das ist ganz was anderes?« Ist Schriftstellerei kein Broterwerb? Oder schenkt sie den Buchhändlern ihre Bücher? Ich bin überzeugt, sie nimmt dafür, soviel sie kriegen kann.

Über die Anhängerinnen der Emanzipation bricht sie erbarmungslos den Stab. Seite 2 heißt es: »Ein Drang in den Frauen unsrer Zeit geht dahin, des Mannes zu entraten.« (Als Ernährer und Gebieter – ja, als des Liebenden und Geliebten, als des Freundes und Kameraden – nie.) »Wo sind jene Frauen, – ruft sie klagend – deren Salons Sammelpunkte der feurigsten Geister und bedeutendsten Männer ihrer Zeit waren? Sie sind nicht da. Wo sind jene Frauen, deren feine Klugheit an den hohen und höchsten Angelegenheiten mitwirkend teilnahmen? Sie sind nicht da.«

Das liegt vielleicht an den Männern, die den Salon für den Austausch politischer und sozialer Gedanken nicht mehr brauchen, seitdem es Parlamente und öffentliche Versammlungen gibt, die im Zeitalter der Salons nicht existierten. An die Stelle jener politischen Circen sind Gruppen ernster Frauen getreten, die gern auf den Einfluss durch Hintertüren, Intrigen und Amors Beihilfe verzichten, und die den Einfluss auf die Kulturentwicklung kraft des Stimmrechts erstreben.

»Wo sind jene Frauen, deren durchseelte, durchsinnlichte Hingabe dem Mann zur Lebenswärme wurde, zu hebenden Armen und nährendem Inhalt.« (Ei, da spielen die Geschlechter ja, ‚Verwechsel das Bäumchen', und sie gibt ihm den nährenden Inhalt, den sie doch erst von ihm bezogen.) »Zu Flügeln, die ihn trugen ins Unbekannte und ihn zurücktrugen in dies schöne, reiche, schwere Leben? Sie sind gewesen.« Und Frau Marholm findet es selbstverständlich, dass die modernen Frauen weder die Macht noch die Anziehung jener »alten Zauberinnen« haben.

Die ins Unbekannte tragende Mission der Flügel verstehe ich zwar wieder nicht ganz. Ich traue aber jenen »alten Zauberinnen« nicht recht. Adlerflügel werden es wohl nicht gewesen sein, eher Schmetterlingsflügel, was sich auch mit der Ansicht der Verfasserin decken würde, »dass der ganze Mann stets im Weibe das Geschlecht sucht.«

Jene alten Zauberinnen waren gewiss reizend, aber ich fürchte, sie liebten die Männer mehr als die Menschen.

In dem Buch »Zur Psychologie der Frau« gebärdet sich Laura Marholm als vollkommene Seherin der weiblichen Psyche. Der reine psychische X-Strahl, dringt sie in das geheimste Innere von Millionen Frauenseelen. Es ist nichts so fein darin gesponnen, sie bringt es an die Sonnen.

Eine größere geistige, tappende Unsicherheit, bei scheinbar kühnster Sicherheit, ist mir selten vorgekommen. Hat sie eine grelle These vom Stapel laufen lassen, gleich verklausuliert sie sie wieder. Überhaupt Klauseln sind ihre Passion. Das Buch ist wie ein Testament, bei dem, wegen der vielen Klauseln und Legate, der Universalerbe leer ausgeht.

Mitunter hatte ich fast den Eindruck, dass es gar nicht die unzähligen lebendigen Frauen ihrer Bekanntschaft sind, die ihre Psychologie auf die Beine gebracht hat, sondern dass sie ihre Seelenkunde französischen Moderomanen verdankt, etwa Gyp'schen oder Henri Meilhac'schen Typen. Meilhac, dessen Frauengestalten jüngst in seiner Grabrede so sehr gepriesen wurden als »*ces héroines amoureuses, curieuses, changeantes, froufroutantes, avec leur grain de vice* u.s.w.

In ihrer Psychologie überfällt uns Laura Marholm mit einem wahren Heuschreckenschwarm von Fragen und Antworten, und die Antworten sind auch nur Fragezeichen.

»Woher die heimliche, lahme Gier und dieser heimliche Ekel am Mann? – woher diese flügellahme Liebe?« …

Ihre zahllosen, komplizierten, in einander verhäkelten Warums und Darums, Wohers und Dahers, muten uns an, wie jene maliziösen Scherzgeschenke, wo in einem umfangreichen Paket von Papierhüllen ein Papierchen immer ins andere geschachtelt ist, und öffnet man endlich, um den Kern zu finden, das letzte Papier, – nichts.

Viele, viele Seiten lang bringt sie das »rastlose klagende Gemurmel – den erstickten Jammerschrei«, die unsagbare Verzweiflung des Weibes zu Papier. Es konnte nicht anders kommen. Warum ist die Frau auch »Halbweib« geworden!

Wie wird das Halbweib nun Ganzweib?

Auf den 300 Seiten ihrer Seelenanalysen hält uns Frau Marholm in Erwartung und schwebender Pein. Erst am Schluss erfahren wir es.

Dieser Schlussaufsatz »Die produktive Arbeit der Frau« wirkt verblüffend. Sie hat die einzig produktive Arbeit des Weibes entdeckt. Wir sind aufs höchste gespannt. Was wird kommen? Etwas Neues? nein, etwas Altes, sogar Uraltes: das Kind kommt!

Bis jetzt hatte sie in allen ihren Schriften das ganze Feuer ihrer Beredsamkeit in die Kernsätze gelegt: »Im Manne beginnt das Leben des Weibes, und im Manne beschließt es sich … in allen Fällen ist er der einzige Sinn ihres Lebens; denn des Weibes Inhalt ist der Mann.«

Und nun plötzlich muss der Mann dem Kind weichen, wie »Winterstürme dem Wonnemond«.

Wenigstens legt Laura Marholm dem Weibe mit ihrer produktiven Arbeit keine besonderen Unkosten auf.

»Die produktive Arbeit (das Kind) ist überhaupt gar nichts, wobei mit Willen, Absicht, Anstrengung, Vorsätzen u.s.w. viel zu erreichen wäre ... Die produktive Arbeit des Weibes ist seine innere Natur, sein angeborenes Wesen, seine warme Seele, sein gutes Herz, – gesundes Blut, – ungebrochene Kraft, Unermüdetheit, Unmittelbarkeit, Spannkraft, Frische.«

Ureinfach: das Halbweib wird Halbengel. Wird? Nein; Wille und Absicht ist ja nicht dabei. Sie ist der geborene Halbengel, was sich nicht ganz damit reimt, dass Laura Marholm selbst die Frau von heut in den schwärzesten Farben malt. (Vielleicht wachsen ihr die Halbengelflügel bei der Lektüre der Marholm'schen Bücher.)

»Durch Millionen Frauen geht der stumme, unbewusste Schrei, gebt uns das Glück, unser Weibsein auszuleben, das ist für uns das eine, alleinige Glück.«

Aber warum schreien denn diese Millionen so? Das »Sichalsweibausleben« geht doch einzig und allein in und an dem Kind von statten. Wer nimmt ihr denn das Kind? im Gegenteil, alle Welt redet ihr es ja bei jeder, auch der ungeeignetsten Gelegenheit auf, sogar die dramatischen Dichter, die, wenn sie für ihre Ehedramen keinen versöhnenden Schluss finden, geschwind das Kind in den Riss springen lassen.

Freilich, gleich darauf sieht sie wieder vom Kinde ab, indem sie erkennt, dass »im letzten und tiefsten Grunde das Weib sich nur für geschlechtliche und religiöse Dinge erwärmen« kann.

Gehört das Kind zu den geschlechtlichen oder zu den religiösen Dingen?

Sie entdeckt immer neue Daseinszwecke des Weibes. Ob sie sich nicht schließlich noch die Großmutter als Daseinszweck des Weibes langen wird?

Niemals wirkt Laura Marholm auf mich unerfreulicher, als wenn sie, wie in diesem letzten Aufsatz, in Idealität macht, sich mit einem paar geborgter Flügel in ätherblauen Tugenddunst verfliegt, und für Allmütterlichkeit und Menschenliebe *en gros* schwärmt.

Welche Frau nicht Mutter im Fleisch ist, soll wenigstens Mutter im Geist und Mutter in der Seele sein, und kraft ihrer Weibnatur auf eigenes Leben verzichten.

Ein alter Berliner Knittelvers lautet: »I Hannemann, geh' du voran, du hast die großen Stiebeln an.«

Frau Marholms Bücher haben einen großen Erfolg gehabt. Die Männer huldigten ihr als Prophetin ihrer Größe.

Vielleicht wird ihnen aber doch allmählich bange vor einer Superiorität von Marholms Gnaden, die Hand in Hand geht, bei den einen (so schildert sie S. 270 die Großstadttypen) mit »Mattäugigkeit und schiefbeiniger Schwächlichkeit«, bei den andern mit »Massigkeit, Glotzigkeit, dicken Weiberbeinen, protziger Großschnäuzigkeit u.s.w.« Wir erfahren sogar, dass das Weib heut keine schönen, starken Männer gebären kann, weil es lauter »Rundrückige, Krummbeinige, der Vermauschlung entgegentreibende« vor Augen hat.

Vorläufig aber baut man ihr noch Altäre. In einer vielgelesenen Tageszeitung gipfelt das Entzücken eines rühmlich bekannten Schriftstellers in den Schlussworten: »'Das Buch der Frauen' der Frau in die Hand gegeben, wird ihr zum zweiten *Gebetbuch* werden. Frau Laura Marholm ist ein Arzt und ihre Arzneien helfen sicher, sie ist ein Prediger, und ihre Wahrheiten sind seligmachend.«

Ob dieser begeisterte Apologet Laura Marholms vermählt ist? kaum; dürfte er sonst ohne Bangigkeit in die Hände seines unschuldigen Weibes dieses Gebetbuch legen, in dem auf einer der frommen Seiten zu lesen ist, dass Marie Baschkirzew zugrunde ging, »weil sie die große Liebe nicht kennen lernte mit ihren seelischen Schaudern des Genießens, von denen das Weib aufsteht als Herrscherin der Erde!« Und wo auf einer anderen frommen Seite Sonja Kowalewska von der Rache Aphrodites ereilt wird, »weil sie zwar Gattin und Mutter, aber nicht Geliebte wurde.«

Ein anderer Schriftsteller huldigt (in einem vornehmen Kunstblatt) der Entdeckerin des Weibes von Mannes Gnaden, indem er sie die einzige Frau nennt, die endlich »die letzte Hülle von der Seele der Frau gezogen, und das sorgsam Verborgene an das Licht gebracht hat.«

Das Weib ist erkannt. So ist es nicht nur, so soll es auch sein. Schön. Aber warum sitzt man denn gleich so bös zu Gericht über die Frau, die sich nun wirklich etwas lebhaft auf dem Gebiet der Erotik betätigt.

Und warum versteht man unter der tugendhaften Frau vorzugsweise diejenige – sie mag im übrigen von ganz schlechter Charakterqualität sein – die der Erotik den schuldigen Tribut, den Laura Marholm ihr auferlegt, *nicht* zollt? Naiver Frager. Auf Warums, wenn die realen Lebensgepflogenheiten im Widerspruch zu den gedruckten Anschauungen stehen, erhältst Du nie eine Antwort.

Ach! und was wird aus den vielen ältlichen und alten Frauen, die dem Ideal des erotisch geschwollenen Weibes nicht mehr entsprechen, und nun bis an ihr unseliges, leider viel zu spätes Ende, traurig vegetieren müssen, weil sich für ihre durchseelte, durchsinnlichte Hingabe kein Abnehmer mehr findet?

Das größte schriftstellerische Talent, wenn nicht Gesinnung, Ehrlichkeit, Wahrhaftigkeit es trägt, wird dauernde Erfolge nicht erzielen.

Die Ritter vom Geist wachsen nur im Dienst der Ideen, die die Zukunft in ihrem Schoß tragen. Und Laura Marholms Ideen – – ich hör' die Botschaft, doch mir fehlt der Glauben.

Ellen Key

Völlig anders geartet als Laura Marholm ist *Ellen Key*, die ein goldenes Herz hat und eine begeisterte Feder führt, und gerade darum die gefährlichste unserer Gegnerinnen ist.

Dem, der ihren Essay: »Missbrauchte Frauenkraft« (in dem sie ihre Anschauungen über Frauenwesen niederlegt) aufmerksam liest, geht ein Mühlrad im Kopf herum. Ein tönendes Gewirr zärtlicher Molltöne; mit ihren unendlichen Wiederholungen, ihren Unklarheiten und Widersprüchen, ihrem vorsichtigen Einhalten, wenn sie glaubt, durch zu Rückschrittliches ihr geistiges Renommee zu kompromittieren, erregt sie – mir wenigstens – ein nervöses Übelbefinden, das sich bis zu geistiger Qual steigert. Es ist, als hätte sie in ihrer Schrift das Preisrätsel lösen wollen, wie man zugleich für und wider eine Sache schreiben könne. Einen wahren Eiertanz zwischen Ja und Nein führt sie auf. Fast auf jeder Seite ist man versucht, auszurufen: Dilemma! Dilemma! Sie hat die aalhaft gewundene, sich schlängelnde Argumentationsart der Frau Laura Marholm. Will man sie bei einem recht handgreiflichen Irrtum packen, – schnell entschlüpft sie und beweist, dass der Biss eine Liebkosung war. Der Essay wirkt wie ein Wechselbad von kalt und warm. Erst warm, dann kalt, dann wieder warm und so fort …

Selbst Frauen radikaler Denkart huldigen dieser Hohenpriesterin der Phrase. (Wohlgemerkt, ich spreche hier nur von der vorliegenden Broschüre[5]. »Alles Gutgesagte wird

---

5 Von ihren übrigen Schriften kenne ich nur einen kurzen Auszug aus der Schrift »Das Jahrhundert des Kindes«, in der einige Ideen mir aus der Seele gesprochen sind. In einem zweiten Band des vorliegenden Buches

geglaubt«, sagt Nietzsche, und da Goethe dasselbe fast mit denselben Worten sagt, wird es wohl wahr sein.

Ellen Key lanciert nicht gewöhnliche Phrasen, die nur durch schöne Klangwirkung blenden und bestechen. Ihre Phrasen kommen als Gedanken verkleidet, sie winken als Ethos aus der Höhe mit Palmen, sie haben Flügel, in Äther getauchte, oder in Sonnengold flimmernde. Sie kränzt sie wohl auch mit Rosen und flicht Passionsblumen hinein. Mit einem Wort: sie sehen ungeheuer nach etwas aus – nicht immer zwar. Und das ist das Bestechendste und Verwirrendste an der Verfasserin der »Missbrauchten Frauenkraft«, dass sie hier und da in das süße Gebimmel flammende Leuchtkugeln wirft, echte Gedanken, Gedanken von kühnem Radikalismus, die, wenn auch nicht neu, doch durch ihre hymnische Form beinah als neu wirken. Und Leuchtkugeln haben es an sich, dass man vor ihrem Glanz des dämmernden Dunkels in der Umgegend nicht gewahr wird.

Das Motto ihrer Schrift heißt: »Des Weibes Geschichte ist Liebe.« Liebe für die ganze Menschheit? gewiss, das heißt mit Ausnahme der Frauenrechtlerinnen, die zu vernichten sie »den Eid Hannibals« geschworen hat.

Aus dem Sündenregister, das sie der gefährlichen Rotte der Unweiber vorhält, greife ich das wesentliche heraus.

S. 22. »Die Frauenrechtlerinnen wollen, die Frauen sollen männlicher, energischer erzogen werden, um ganz und gar in ihrer Arbeit aufgehen zu können.«

Haben die Radikalen wirklich diese Forderung gestellt, so möchte man sich gern an dem von Ellen Key geschworenen Eid Hannibals beteiligen.

»Man hört von ihnen (man? wer? ich nicht) die Äußerung, das Zölibat sei der würdigste Zustand für die Frau ...

»Das Kind« werde ich auf das schöne Werk Ellen Keys ausführlich zurückkommen.

es sei ein Rest von niedrigen Instinkten, wenn sie es nicht vorzieht, sich zu einem Intelligenzwesen zu entwickeln, statt zu einem Geschlechtswesen, falls sich nicht beides vereinen lässt.«

Ja, da eben liegt der Hase im Pfeffer. Diese Emanzipierten glauben nämlich, dass sich beides vereinen lässt.

Und was ist denn das: ein Nurintelligenzwesen? gibt es das? werden bei geistigen Arbeiten die Empfindungsnerven ausgeschaltet, wird den Gefühlen ein Riegel vorgeschoben, und das Gehirn funktioniert maschinenartig? Ein Hegel, ein Schelling, ein Fichte und andere große Denker, ob sie ihre Ideen nicht in entzückten Schauern empfangen, in Schmerz und Lust geboren, mit ihrem Herzblut genährt haben? und mit einem so begeisterten Gemütsanteil, dass die instinktive Mutterliebe grob daneben erscheint?

Es ist überhaupt eine Taktik unserer Gegner, den Lesern oder Hörern zu suggerieren, dass die Trägerinnen der Frauenbewegung diese oder jene Absurdität, ästhetische oder ethische Plumpheit propagieren.

So sollen die Radikalen jede psychische und geistige Verschiedenheit zwischen Frau und Mann leugnen.

Und da kämpfen nun die Antifeministen wie die Löwen für die Ungleichheit der Geschlechter, die noch niemand – auch nicht die blutroteste Emanzipations-Jakobinerin bestritten hat.

Freilich nehmen die Feministen nicht wie ihre Widersacher Gegensätze an, wo nur Verschiedenheiten sind, Verschiedenheiten, die, ihrer Ansicht nach, die Frauenfrage kaum berühren.

Sie lehnen die beliebte schroffe Scheidung zwischen Kopf und Herz ab. (Der Kopf – dem Mann, das Herz – der Frau.) Hat nicht im Grunde diese geistige Kasteneinteilung eine Verwandtschaft mit der staatlichen Kasteneinteilung halb barbarischer Völker? Im alten Indien stand Todesstrafe darauf, wenn die niedere Kaste in die Tätigkeitssphäre der höheren eingriff, wenn z.B. ein Sudra es wagte, ein heiliges Buch zu lesen.

So grausam straft man das nach verbotenem Wissen lüsterne Weib heut nicht mehr. Man begnügt sich mit milden Hinrichtungen durch wilde Broschüren.

Die Radikalen – heißt es – befürworten eine schrankenlose Erotik. Wo steht das?

Die Frauenrechtlerinnen wollen, dass das Weib sich der Mutterpflicht entziehe.

Warum nicht gar. Das steht wohl im Schöppenstädter Anzeiger.

Die Emanzipierten stellen das weibliche Geschlecht über das männliche.

Wo denn? wer denn? Namen nennen!

Möchte der Antifeminist doch bei der Stange der Wahrheit bleiben, und sich hübsch der Gänsefüßchen bedienen, wenn er blödsinnige Lehren des Reformweibes geißelt.

Sollten indessen einzelne Frauen dem verwerflichen Glauben an die Überlegenheit des Weibes huldigen, so wäre das ihre Privatansicht, die mit den Grundsätzen der Radikalen nichts gemein hat.

Übrigens – könnte man es den Frauen verargen, wenn in gewissen Momenten ihr Glaube an die Überlegenheit des Mannes ins Wanken geriete? in dem Augenblick z.B., als im Reichstag (vor 2-3 Jahren geschah es) ein leibhaftiger Minister – wahrscheinlich zur Verwunderung des Stenographen – verjährteste Gemeinplätze zur Abwehr der Mädchengymnasien vorbrachte, die, wenn eine Frau sie gesprochen, Wasser auf der Mühle derjenigen Antifeministen gewesen wären, die für die Inferiorität des Weibes schwärmen.

Vergessen wir auch nicht den erheiternden Augenblick, den uns ein hochgeschätzter Professor der Theologie bereitete, der die Frauenbewegung energisch ablehnte, weil die

Frauen »das schwächere sittliche Gefüß wären«, und der im Hinblick auf den etwaigen priesterlichen Beruf der Frau ausrief: »Wie würde die Frau im Talar aussehen.«

Aber Herr Theologie-Professor, seitdem die gesundheitlich nicht genug zu preisende Reformkleidung aufgekommen ist, geht ja heut schon eine beträchtliche Anzahl von Frauen Tag ein Tag aus in Gewändern umher, die dem Talar zum Verwechseln ähnlich sehen.

Ich meine, mit viel mehr Recht dürften wir ausrufen – wenn die Gewohnheit unser Auge nicht abgestumpft hätte: »Wie würde ein Mann im Talar aussehen!« was wir ja allerdings schon wissen.

Es ist derselbe Professor, der die Mädchenerziehung folgendermaßen aufzubessern wünscht: »Ein tüchtiger Klaps, (hüpft bei diesem Klaps nicht unter seiner weißen Weste Örtels Herz?) die Schnorr'sche Bilderbibel, nicht zu viel aufgestrichen beim Frühstück, und nicht zu häufig in Konzerten herumräkeln.«

Der reine Petrucchio, dieser Professor von Nathusius, der durch Hunger und Misshandlung die bösen Emanzipations-Kätchen zähmen will. Und ob der fromme, vornehme Theologe so inferiore Lokale, wo junge Mädchen sich herumräkeln, (warum sind sie auch das schwache Gefüß) wohl jemals besucht hat?

Derartige männliche Denkentgleisungen dürften geeignet sein, den Respekt der Frau vor dem männlichen Geist auf ein Minimum herabzudrücken, wenn ihre Verständigkeit sie nicht davor bewahrte, die Redefrevel Einzelner an die Rockschöße des ganzen Geschlechts zu hängen.

Es sind die Studien, die wissenschaftlichen Betätigungen, – zu denen die Radikalen das Weibsvolk so gefährlich anstiften sollen – die Ellen Key ein Dorn im Auge sind.

»Quält sie sich ab, die Höhe des Mannes zu erreichen, muss sie als Weib zu Grunde gehen.«

Nie wenn ich ein Buch schrieb, habe ich daran gedacht (und das gilt wohl auch von allen anderen Schriftstellerinnen, Künstlerinnen u.s.w.) die höchste Höhe des Mannes erreichen zu wollen. Ich dachte nicht einmal daran, die höchste Höhe der Frau erreichen zu wollen, etwa eine George Sand oder George Elliot. Und war ich je von einem Ehrgeiz besessen, so war es der, meine eigene höchste Höhe erreichen zu wollen.

Ellen Key hat aber nun einmal die fixe Idee, berufsmäßig arbeitende Frauen für Ikarusse zu halten, die ihre Wachsflügel an männlichen Sonnen zu schmelzen bestimmt sind.

Ihr selbst ist eine wissenschaftliche Ausbildung in reichem Maß vergönnt gewesen. Hat sie persönlich erfahren, dass die Anstrengung eine so unerhörte und eine so unfruchtbare war? Und die Seligkeit des Erkennens ist ihr nicht aufgegangen? Und ist sie es, woher nimmt sie die beispiellose Lieblosigkeit, ihre Geschlechtsgenossinnen von diesem nie versiegenden Quell reinster, höchster Freuden (Spinoza fühlte sich als Erkennender göttlich) ausschließen zu wollen!

Die Verfeinerung des Familienlebens soll ihre Kulturaufgabe sein. Ja, gibt es denn etwas, das den Menschen mehr humanisiert, mehr verfeinert als wissenschaftliches Erkennen, als Reife und Geübtheit des Denkens? Und was uns selbst am meisten humanisiert, wird mit zwingender Notwendigkeit auf unsere Familie zurückwirken. Die Kinder sind die Erben ihrer Mütter.

»Um der Studien willen wurde das unendlich wichtige Studium des Lebens der Frauen als Geschlechtswesen vernachlässigt.« Und was ist denn das für ein Studium des Frauenlebens als Geschlechtswesen, das sie den Frauen anempfiehlt, aber nicht näher definiert? Physiologie, Psychologie, Anatomie?

Sollte nicht die Natur auf diesem Gebiet eine ausreichende Lehrmeisterin sein, wenn man sie nur freier walten ließe!

Das geschlechtliche Moment, die erotischen Gefühle nicht berücksichtigt zu haben, klagt sie, gerade wie Laura Marholm – die Frauenrechtlerinnen an.

Ja, durften denn die Frauen in den Zeitaltern vor den Emanzipationsbestrebungen (die erst seit wenigen Jahrzehnten datieren) ihrer Geschlechtlichkeit freien Lauf lassen?

Das Dilemma, in das Ellen Key bei der Ehefrage gerät, wäre ja recht amüsant, wenn ihre flimmernde Art, der es so ganz an geistiger Sauberkeit fehlt, nicht Logik und Wahrheitssinn beleidigten. »Wenn allmählich – sagt sie, die echt weiblichen Wesensbestimmungen (Mütterlichkeit und Heim) durch die äußeren Arbeitsinteressen abgeschwächt werden sollten, so kann das schicksalsschwer inbezug auf das Glück der Ehe werden.«

Auf derselben Seite aber glaubt sie an eine Zukunft, in der kein einziges Mitglied der Gesellschaft sich der Arbeitspflicht mehr entziehen darf, »die Frau bedarf der Arbeit zu ihrer allseitig intellektuellen und ethischen Entwicklung« … S. 23: »Die zur Arbeit untaugliche Frau gerät immer in irgend ein erniedrigendes Abhängigkeitsverhältnis, und das erniedrigendste ist die Ehe aufgefasst als Versorgung. Dank der Möglichkeit, ihr Brot selbst zu verdienen, sündigen sie jetzt seltener dadurch, dass sie eine Ehe gegen ihr innerstes Wesen eingehen. Auf der anderen Seite freilich treten sie dann oft mit einer durch das Brotstudium unterdrückten Weiblichkeit in die Ehe, und sie kann doch nur durch die Ganzheit und Fülle ihrer Hingabe – das Glück der Ehe schaffen.«

Da haben die Frauen nun die Qual der Wahl: Entweder – sie schreiten, um der Versorgung willen – gegen ihr innerstes Wesen – beruflos, aber mit völliger Konservierung ihrer Weiblichkeit zur Ehe, oder – sie verscherzen durch Berufsarbeit die Ganzheit und Fülle der Hingabe – das Glück der

Ehe. Ein *circolo vizioso*, eine Spiegelfechterei, mit einem Wort: »ein ungeheueres Dilemma.«

Das Sündenregister der Radikalen ist noch lange nicht erschöpft. Immer düsterer ballt es sich über dem von den Frauenrechtlerinnen bedrohten Weibe zusammen: Sogar »das Intelligenz-Niveau sinkt unter ihrer Herrschaft.« (Auf einer anderen Seite war sie der Meinung, dass mit der Steigerung des Intelligenzlebens das Gefühlsniveau der Frau sänke. Gedächtnis schwach.)

S. 54 geht sogar unter dem Einfluss der Radikalen der weibliche Körper in die Brüche: »Dass bei intensiven Studien und Sport der Frauenkörper seinen eigenen Charakter verliert und einen männlichen annimmt – wäre dann die Regel.«

Ob sie diese Idee vielleicht dem Aristoteles verdankt, der in seiner Schrift » *De animalibus*« erzählt, dass eine Henne einen Hahn besiegte und ihr aus der Vorstellung dieses Sieges Kamm und Sporn eines Hahnes gewachsen seien?

Übrigens, mit der von Ellen Key gefürchteten Umwandlung der weiblichen Körperformen würde sich ja das Weib dem modernsten Frauenideal nähern, indem die größtmögliche – alle Rundungen ausschließende – jünglingshafte Schlankheit der – wie Laura Marholm sagen würde – *dernier cri du chic* ist.

Ellen Key erinnert warnend an die totale Entartung des Familienlebens während der römischen Kaiserzeit.

Ja, hätten die alten Römerinnen einem tüchtigen Beruf obgelegen, so würde es mit der sittlichen Entartung gute Wege gehabt haben. Die Entartung entsprang ja im Gegenteil der übermächtig gewordenen Erotik, und es ist gerade die Bekämpfung der erotischen Gefühle, die sie den Radikalen zum Vorwurf macht. –

Und siehe – schon zuckt der Blitz der Rache nieder, mit dem die Natur die Unnatur dieser – sie murmelt etwas von

Hermaphroditen – tötlich trifft. Das Menschengeschlecht stirbt aus – Erduntergang. Nämlich, wenn diese Emanzipierten ihr Ziel – die intellektuelle Ebenbürtigkeit mit dem Manne erreichten, so – »fordert die Logik dieses Zugeständnisses, dass das Aussterben die schließliche Folge sein würde.«

Schauderhafte Perspektive! Bei Männern ist es natürlich ganz anders, – was wieder ein grelles Licht auf die Verschiedenheit der Geschlechter wirft – die bleiben – wahrscheinlich kraft eines Naturgesetzes – auch wenn sie immerzu Werke ersten Ranges schaffen, in der Anteilnahme an den Freuden des Lebens sehr mobil und hüten sich, zu denen zu gehören, die »ohne Weib, Wein, Gesang Narren bleiben lebenslang.« Da hätten wir ja gleich den Luther selbst als Beispiel.

So ganz anders als Ellen Key denkt, ist es aber doch bei den Frauen nicht.

Wir Hausfrauen erfahren es zu unserem Leidwesen alle Tage, wie unsere Köchinnen, Kinderfräuleins – letztere bei den nervenanstrengendsten, erstere bei den zeitraubendsten Berufsarbeiten, – unentwegt hinter der Erotik her sind. Ich kenne Telephonistinnen, Lehrerinnen, Buchhalterinnen – eine Verkümmerung ihres Liebeslebens habe ich bei keiner einzigen wahrgenommen. Wie? und gerade ernste Studien sollten einen so gefühlsmörderischen Einfluss üben und Asketen züchten!

Ob aber nicht doch in der Tiefe dieser paradoxen Anschauung ein Körnchen Wahrheit sich verbirgt?

Wäre die Möglichkeit ausgeschlossen, dass in den hohen, reinen Äther sublimiertester Geistigkeit, dem – nach Buddha, Schopenhauer, Tolstoi – die Menschen entgegenstreben, der Zeugungstrieb ausstirbt? Dann, in der Tat, würde die Emanzipation der Frau – ihr geistiger Aufstieg – einen Schritt vorwärts bedeuten zu dieser Geistigkeit, zu dem universellen Nirvana der Menschheit.

Ellen Key glaubt selbst nicht recht an das Aussterben des Menschengeschlechts, aber nur deshalb nicht, weil die Frauenrechtlerinnen ihr Ziel nicht erreichen werden. Wo die Not am größten, ist Gottes Hilfe (Ellen Key sitzt zu seiner Rechten und hilft mit) am nächsten. Das Düster lichtet sich, und Seite 55 spannt sie den Regenbogen über die weibliche Menschheit aus. »Diese Intelligenzperiode wird vorübergehen, und ein Frauenideal wird zur Geltung kommen, gleich der kuhäugigen Hera des Homers, mit ganz niedriger Stirn, aber mit der Nahrung eines Herakles in ihrem schwellenden Busen.«

Wer wird denn nun aber in diesem seligen Zeitalter der so sehr nahrhaften Mutter den kleinen Herakles schenken? Der Mann mit den von der Geistesarbeit entkräfteten Muskeln? Oder sind zur Gebärung des Herakles die durch keines Gedankens Blässe angekränkelten zärtlichen Gefühle des Weibes ausreichend?

Gelt! Ellen Key ist eine begeisterte Antifrauenrechtlerin!

I wo! Ich trete den Beweis dafür an, dass sie – ihren Hannibal-Eid auf die leichte Achsel nehmend – gelegentlich mit Pauken und Trompeten ins Lager ihrer Feindinnen abschwenkt.

Seite 1 lesen wir schwarz auf weiß: »Kein denkender Mensch zweifelt daran, dass um die Wende des nächsten Jahrhunderts alles errungen sein wird, was die Vorkämpfer der Frauensache fordern«, (Na, also!) nämlich: das Recht der vollen individuellen Entwicklung, der vollen gesetzlichen Gleichstellung mit dem Manne, die volle Erwerbsfreiheit u.s.w. (Hört! hört! Und das sagt, ohne mit der Wimper zu zucken, dieselbe Frau, die – auf einer anderen Seite natürlich – der Meinung ist, dass Berufstätigkeit das Weib in der Frau ersticke.)

Und Seite 64: »Sie muss dieselbe Möglichkeit haben wie der Mann, sich mit Leidenschaft und Erfolg jedem Angriff auf ihre besondere Gestaltungsart zu widersetzen.« Aber Ellen Key! Ellen Key! Sie hat doch gerade zu begründen versucht – natürlich auf einer anderen Seite – dass die Natur mit allen Frauen dasselbe beabsichtigt, indem sie ihnen die Fürsorge für die Kinder und ihre Erziehung als Lebensaufgabe schon in die Wiege legte.

Auch das Stimmrecht fordert sie für die Frauen, und Seite 64 steigert sie sich sogar zu einem begeisterten Aufruf im Nietzschestil zu Gunsten der radikalsten Forderungen. Willkommen sind ihr im Frauentum die »glühenden Flammen der großen Leidenschaft, die alle konventionelle Form zu Asche verbrennt. – – Große leuchtende Verzückungen ... Wir brauchen den dionysischen Rausch und die apollinische Klarheit (als spräche Nietzsche), die dämonische Kraft, die eins ist mit der Schöpferkraft, (Herr Gott, da dürfen sie mit einem Mal die Schöpferkraft kriegen, die sie ihnen vorher – auf einer anderen Seite natürlich – gänzlich abgesprochen hat) ... wir brauchen die große Rücksichtslosigkeit mit ihren Rauchwolken und ihrer Sturmglocke ... Wir brauchen den großen Glauben und den großen Zweifel, die große Liebe und den großen Hass« ... Wie? auch der Hass des Weibes wird gebraucht, und das in einer Schrift mit dem Motto: »Des Weibes Geschichte ist Liebe«?

Und Seite 41 verfällt sie gar einem roten Radikalismus in der Frauenfrage. Sie wirft dem Weibe vor, dass es nicht seinen eigenen wilden Weg gegangen, den Weg der Revolte gegen all das Böse in der Gesellschaft (warum muss denn das ein wilder Weg sein?). Staunend lesen wir, dass die Welt sich bisher gleich geblieben ist (ist sie das wirklich?), weil die Frauen sich als Nullen hinter einer männlichen Ziffer aufreihten.

Wie? und darum ist die Welt sich gleich geblieben, trotz all der großen Ideen, Entdeckungen, Erfindungen, die einzig und allein vom Manne ausgingen! und trotzdem das Weib, wie sie meint, auf geistigem Gebiet nur die Handlangerin des Mannes sein kann?

»Mögen die Frauen jetzt also vereint (während die Frauenrechtlerinnen zur Strafe in der Ecke stehen müssen) gegen den Seelenmord der Schule, gegen den Massenmord, gegen die Menschenopfer des jetzigen Produktionssystems revoltieren!«

Was? revoltieren? wo denn? wie denn? in der Kinderstube? Wo bleiben denn die Kinder – deren Pflege und Erziehung Daseinszweck des Weibes sein soll – während ihre Mütter den wilden Weg der Revolte gehen?

Seite 70 ist nach ihrer tiefen Überzeugung das einzige (das einzige! hört!), dessen die Frauensache bedarf, um aus allen Schiefheiten herauszuwachsen, der neue Gedanke, dass man ganz einfach »den Schwerpunkt seiner Beweisführung (sie verlegt öfter ihre Schwerpunkte) auf das verlegt, was die Frauen schon für die Kultur getan haben« …

»Dann nämlich gewinnen wir die für unser Selbstgefühl erlösende Gewissheit: dass wir in der Tat ganz ebenso große Werte in die Kultur eingesetzt haben wie der Mann, wenn auch von anderer Art. Und aus diesem Selbstgefühl wird eine strahlende Siegesgewissheit, eine unbezwingliche Freimütigkeit (sonderbar diese unbezwingliche Freimütigkeit) hervorgehen. Dann werden die Frauen mit stolzer Zuversicht dem Manne sagen: »Unser Einsatz in die Kulturarbeit ist die Humanisierung des Gefühls gewesen.«

Wenn der Mann es nur glaubt, dass die Humanisierung, trotz Christus und anderer großer Ethiker, Frauenmonopol gewesen ist.

Neu mag dieser Gedanke von der rückwärts schauenden strahlenden Siegesgewissheit sein; dass er alle Schiefheiten in der Frauensache beseitigen wird, glaube ich nicht.

»Die Frau – frohlockt sie – ist glücklicherweise ein unendlich viel Tieferes, Reicheres, Herrlicheres und Furchtbareres (Na – die Selbstbehauptung durch Selbsthingabe – ihr Daseinszweck nach Ellen Key – ist doch nicht gar so furchtbar), als die Frauenrechtlerinnen es ahnen.«

Darum » *écrasez l'infame*« – das Frauenrechtlertum – das sich des Weibes »furchtbarer« Herrlichkeit widersetzt.

Wie erlangt nun aber das weibliche Geschlecht ohne diese streitbaren Frauen all die Rechte, die auch Ellen Key fordert? Sehr einfach. Sie sagt es uns: »Es gilt zuerst bei der Frauenfrage das durch das innerste Gesetz des Wesens Notwendige zu suchen, dann kommt all das andere (Freiheit und Rechte) später von selber hinzu« … »Mit inniger Überzeugung und beharrlicher Ausdauer« soll die Frau dem Manne ihre Wünsche vortragen, und er wird ihr Gehör schenken, und »sie wird schließlich alles gewinnen, was sie wünscht.«

Glaube ich nicht. Zum Liebhaben dieser Kinderglaube, dass einem die gebratenen Tauben von selbst in den Mund fliegen werden.

Das durch das innerste Gesetz ihres Wesens Notwendige – nach Ellen Key Mütterlichkeit und Familienleben – ist ja schon seit Jahrtausenden gefunden worden, und nichts ist anders geworden und von selbst gekommen; und erst als die Vorkämpferinnen der Frauenfrage, diese, angeblich innersten Gesetze nicht anerkennend, die alten Satzungen durchbrechend, außerhalb des Familienkreises ihre Stimmen erhoben, ist manches anders geworden, aber noch lange nicht anders genug. Sie sind es, die den Frauen die Universitäten, Werkstätten, Akademien, Bureaus erstritten haben, oder zu erstreiten im Begriff sind. Sie sind am Werk, ihnen das Stimmrecht zu erobern. Und erst wenn alle diese erstrebten Rechte Tatsache geworden sind, wird alles andere sich von selbst ergeben.

Ich fasse kurz zusammen, worin sich die Radikalen von den Gegnerinnen à la Ellen Key und Lou Salomé unterscheiden. Beide Frauengruppen fordern dieselben Bildungsmöglichkeiten, dieselben Rechte und Freiheiten, wie sie das Gesetz dem Manne gewährleistet. Die Repräsentantinnen der Reaktion verlangen diese Rechte aber nur – entweder zur privaten Daseinslust der Frau, oder in so weit sie ihrer Mütterlichkeit zu gute kommen. Und sie knüpfen daran die Bedingung, dass der Gebrauch der Freiheit ihre weiblichen Eigentümlichkeiten nicht schädige, welche Schädigung bei einem Broterwerb zu fürchten sei.

Die Radikalen fordern alle Freiheiten und Rechte unbedingt und uneingeschränkt, in der Meinung, dass aus lauter Bischens (ein bischen Freiheit, ein bischen Beruf) doch nur etwas An- und Zusammengeflicktes wird, und ihr Hauptgesichtspunkt dabei ist die ökonomische Selbständigkeit der Frau, ohne welche ihrer Meinung nach (es ist auch die meine) alle übrigen Rechte illusorisch sind.

Die Frauenwelt ist zu ihrer Versorgung auf die Ehe oder den eigenen Broterwerb angewiesen. Was soll z.B. der Frau die Freiheit, eine unglückliche Ehe ohne jede Schwierigkeit lösen zu dürfen, wenn sie nach der Scheidung verhungern kann und nebenbei noch ihrer sozialen Stellung verlustig geht? Was nützt ihr die Freiheit, zu studieren, wenn sie ihre Studien für ihre Existenz nicht verwerten kann! Für ihr Seelenleben mögen sie ja auch ohne Anstellung von höchstem Wert sein. Der Mensch lebt zwar nicht von Brot allein, aber ohne Brot geht es auch nicht.

Für die Fernseherin Key ist »der bedeutungsvolle Zug am Schluss des Jahrhunderts: die Rückkehr zum eigenen (weiblichen) Ich, zur Urnatur, zu dem Großen, Geheimnisvollen, das unsere Lebensquelle ist.«

Ob dieser schöne Satz zu den Leuchtkugeln gehört? oder – nicht?

Darauf, wie Ellen Key ihren Eid Hannibals, den sie zur Vernichtung der Frauenrechtlerinnen geschworen hat, einlösen wird, dürfen wir gespannt sein.

Frau *Lou Andreas-Salomé*

Betrübt las ich ihre Schrift »Der Mensch als Weib«6. Frau Lou (ihr voller, zu langer Name frisst zu viel Manuskript) Antifrauenrechtlerin!

Aus dieser Schrift heraus spricht sie zu uns wie durch zarte Schleier oder wie aus einer gewissen Entfernung: und je mehr Das, was sie sagt, anzuzweifeln ist, um so subtiler tastet sie daran. Auf weichen Sohlen gleitet sie, fast schwebend, selbst über schlüpfrigen Boden; und in der Tonart von Flöte und Harfe rührt sie leise und vornehm an die heikelsten Dinge auf dem Gebiet des Geschlechtslebens. Ganz Nacktes hüllt sie in schimmernden Nebeldunst. Singendes und Klingendes sagt sie, sich im Kreise Wiegendes, Schwingendes. Es ist, als blickte sie seitwärts unter langen Wimpern hervor, nicht geradeaus. Etwas mystisch Seherisches ist auch in ihrer Art. Aber nicht wie die Spiritisten materialisiert sie Geister, umgekehrt: recht Materielles spiritisiert sie ins Mystische hinein. Weit über die Wirklichkeit hinaus fliegt ihre Psyche. Meinem suchenden Auge verschwebt sie leicht.

Frau Lous Weibideal? Sie spricht wenig vom Mann, sie spricht nicht vom Kind; sie ist kinderlos und schweigt bescheiden von Dem, was sie nicht kennt. »Harmonisches Ausleben, das schön, froh und gesund macht«, will sie für die Frau. »Die Frau«, so sagt sie, »hat eine intaktere Harmonie, sicherere Rundung (als der Mann), eine ruhende, größere vorläufigere Vollendung und Lückenlosigkeit ... Ihre Kräfte schlagen gleichsam in den eigenen Mittelpunkt zurück und vollenden sich in ihrer Selbstbeschränkung ... Charakteris-

---

6   In der »neuen Deutschen Rundschau«, Heft 3. März 1899.

tisch für alles Weibliche ist jene Sattheit der schöpferischen Wiederholung von sich selbst, des Zusammenhaltens aller Kräfte innerhalb der eigenen Produktion ... Im Weib scheint sich alles ins Leben hinein, nichts aus ihm heraus entladen zu sollen: es ist, als kreise in ihm das Leben gleichsam innerhalb seiner eigenen Rundung, als dürfe es ohne Wunde und Verletzung so wenig daraus austreten wie Blut aus der Körperhaut ... Das Weib ist das Sinnbild alles Ganzen, alles Ewigen ...« »Als Lebensgesamtheit verbraucht das Weib seine Kraft und seinen Saft innerhalb des eigenen Wesensmarkes.«

Nach Ellen Key verbraucht sie ihre Kraft und ihren Saft für das Kind.

»Das Weib ist vor allem etwas Selbsteigenes ... Tun und Sein fallen bei ihm zusammen, bis alle einzelnen Taten nichts mehr sind als der große unwillkürliche Seins-Akt selbst und bis das Weib dem Leben nur noch mit Dem zahlt, was sie ist, nicht mit Dem, was sie tut.«

Schiller spricht einen ganz ähnlichen Satz aus: »Edle Naturen zahlen mit Dem, was sie sind, gemeine mit Dem, was sie tun.« Augenscheinlich aber gehört zu seinen »Naturen« auch der Mann.

Frau Lou betont die weibliche Selbstherrlichkeit, das Souveraine und Unantastbare im Weibe. »Der Mann ist von vorn herein gestellt auf Differenzirungsvermögen, dem irgend ein letztes seliges Phlegma im Weibe lächelnd widerstrebt.« Es sucht nur sich selbst und seine eigene Entwickelung ... Sie muss an sich wachsen und zunehmen dürfen zu immer größerem Seins-Umfang. Vielleicht ist dem Weib das Los geworden, nach urewigen Gesetzen, einem Baum zu gleichen, dessen Früchte nicht einzeln gepflückt werden, sondern der als Baum in der Gesamterscheinung seiner blühenden, reifenden, Schatten spendenden Schönheit da sein und wirken will.« Die Frucht, die niedersinkt, ist »doch nur Fallobst, mühelos abgeworfen, und soll nicht mehr als

Das bedeuten wollen« … »Es bedarf nicht des Beweiser-bringens ihrer Leistungen …, sie braucht nur ihre Schatten spendenden Zweige von sich zu strecken« … »Frauen haben etwas von schimmernden Wassertropfen, die sich, ob klein, ob groß, zur nämlichen kugeligen Form zusammen-runden und, täten sie das nicht, elend versickern würden, bis ihr letzter Glanz im Staub der Dinge vergeht.«

Noch viele, viele schöne Bilder gibt sie uns. Sie klingen, klingen wie Elfenreigen oder sonst etwas poetisch, selig Hin-geträumtes. Sie führt uns in ein Märchenland reiner Geister und Herzen, wo alle Männer tief, alle Frauen tauduftig, herr-lich veranlagt in Jugendschöne prangen. Und keinen Hunger gibt es in diesem Eldorado, weder physischen noch geistigen. Das Weib hat es so gut, so gut, in sich und bei sich selbst!

Ich legte Frau Lous Abhandlung, als ich damit zu Ende war, nachdenklich aus der Hand. Bestechend war, was sie sagte, schmeichelnd, zu sich hinlockend; es entsprach mei-nen Instinkten. Ob sie Recht hat? Zweifel an meinen eige-nen Überzeugungen stiegen in mir auf. Soll ich ihr glauben? Ja, *glauben* müsste man. Uns modernen Menschen aber ist der Glaube abhanden gekommen und wir sind vorsichtig geworden in der Behauptung von Naturgesetzen. Über-zeugt wollen wir werden. Beweise fordern wir. Die bleibt sie uns mit ihrer Vision von einem Weibe schuldig. Ach ja: ich möchte auch wie »ein Stück uralter vornehmster Aristokra-tie auf eigenem Schloss daheim sein« (eines ihrer, das Frau-entum bezeichnenden Bilder), ich möchte mich auch blu-menhaft entfalten dürfen, ins Weite blühend und duftend; mich in selig lächelndem Phlegma, in intakter Harmonie wie ein schimmernder Wassertropfen zusammenkugeln. Aber es kommt gewöhnlich ganz anders.

Ich las die Schrift noch einmal; und der Zauber war gebrochen. Und gegen meine tiefen Sympathien reagierte stark und klar mein nüchterner Verstand. Wie käme ich dazu, meine ganz individuelle Veranlagung zum Maßstab der ganzen Frauenwelt zu machen? Damit verfiele ich ja in den Fehler der Frauen, die mit sich alle anderen Frauen identifizieren. Nein, die Frauen in ihrer Gesamtheit lassen sich nicht unter einen Hut bringen. Sehe und erfahre ich nicht täglich, dass es auch völlig anders geartete Frauen gibt, Frauen wie Sturm und Feuer? Es gibt Amazonen und Opferlämmer, Hypatias und liebe einfache Hausmütterchen, – und alle wollen sich nach ihrer Wesensart betätigen und alle haben Recht, tausendmal Recht.

Und nun fand ich in Frau Lous Frauenideal etwas von einem sublimierten feingeistigen Harem, ohne den Sultan freilich, aber Selbstverliebtheit ist dabei und etwas Seelenfettes. Die Wirklichkeit widerspricht dem Ideal der Frau Lou allzu grausam. Seiner Realisierung müsste eine Umgestaltung aller sozialen Verhältnisse vorausgehen, die der Frau eine Staatsrente sicherte, eine so beträchtliche, dass sie »auf eigenem Schloss in uralter aristokratischer Vornehmheit« ungehemmt sich seelisch abrunden könnte. Und sollte diesem Ideal Erfüllung winken, müsste dann nicht der Mann ein wenig Sklave des Weibes werden, und im Schweiße seines Angesichtes des herrlichen, Schatten spendenden Baumes der Weiblichkeit warten, damit ihres Seins Umfang in intakter Harmonie wachse?

Frau Lou hält ihr Ideal auch für das Weibideal des Mannes. »Der männliche Mann«, sagt sie, »hat den gleichen tiefen Schauder vor dem mannesseligen wie vor dem emanzipationsseligen Weibe.« An den Schauder vor dem mannesseligen glaube ich nicht so recht. Laura Marholm z. B. hält gerade Mannesselige für sein Genre. Und Schauder vor dem emanzipationsseligen! Schauder vor unangenehmen Frauenzimmern, – ja. Die aber gibt's unter allen Himmelsstrichen, geographischen und geistigen, unter den berufslosesten und den im Beruf arbeitsamsten.

116

Nicht nur im Kern ihrer Anschauungen, auch in wesentlichen Einzelheiten gehen die drei Dichterinnen auseinander.

Ellen Key verlegt den Schwerpunkt des Weibes aus sich heraus in ihre Kinder, in den Familienkreis. Frau Lou ist der Ansicht: wenn »dieser Schwerpunkt in andere Menschen oder in eine andere Sache verlegt wird, so wäre das eine Art Götzendienst, der ihre tiefste menschliche Produktion unterbindet, ihren goldenen Kreis zersprengt, bis sie sich selbst nicht mehr in seliger Sicherheit hat.« … »Nicht das weiblichste Wesen ist es, das am meisten des Hauses, der Sitte, des festgezogenen Kreises bedarf, um sich als Weib zu fühlen.«

Ellen Key: »Wir besäßen jetzt nicht eine so hohe und seelenvolle Gattenliebe, eine so intensive weibliche Keuschheit« …

Laura Marholm wieder hält die Liebe zu dem Gatten für so ziemlich ausgestorben, und die weibliche Keuschheit negiert sie schon bei dem jüngsten Mädchen. Frau Lou findet, dass die Frau eine tiefe Wohltat für den Mann ist. Laura Marholm betont den Ekel des Mannes am Weibe.

Besteht nicht ein tiefer Widerspruch zwischen der Selbsteigenheit der Frau, die Frau Lou will, und ihrer absoluten materiellen Abhängigkeit vom Mann? Hat nicht der Mann, der die Frau erhält, ein Recht auf Leistungen, die ihm genehm sind? Und selbst wenn der Mann ihr völlige Freiheit in ihrem Tun ließe: müsste nicht in ihrem Bewusstsein etwas vom Magdtum sein, dem Mann gegenüber, der ihr Stellung und Lebensunterhalt gibt?

Wie diese Frauen sich auch wenden und winden: sie fallen aus einem Dilemma ins andere, wenn sie die ökonomische Unabhängigkeit der Frau aus ihrem Programm streichen.

Ich komme zu dem, worin die drei Dichterinnen übereinstimmen. Erstens: in der Überzeugung von der großen intellektuellen Überlegenheit des Mannes. Zweitens: darin, dass die Berufstätigkeit der Frau vom Übel sei. Drittens: in ihrem Zorn gegen die Frauenrechtlerinnen. Selbst die milde Frau Lou wird laut und borstig, wenn sie von den Frauenrechtlerinnen spricht.

In der Verherrlichung des Mannes geht Frau Lou so weit, dass sie erklärt: »Nur der Mann ist in voller Schärfe der tragische Typus des Menschengeschöpfes.« Ellen Key betont, dass ihre »Betrachtungen (über Frauen) indirekt ein Beweis sind für die Überlegenheit des männlichen Intellektes, … denn ohne die Anregung, die sie durch männliches Denken erhalten, hätte sie sie nicht anstellen können.« O ja, das merkt man, dass sie aus den Seelen der Männer heraus in die Seelen der Frauen hineinspricht. Auch Frau Lou hat das Beste, was über Frauen gedacht worden ist, von Männern gehört.

Einig sind die Drei darin, dass die Werke der Frauen in Kunst und Wissenschaft zu entbehren sind. Frau Lou nennt, was eine Frau etwa zu produzieren vermag: »Fallobst«. Ellen Key ist der Ansicht, dass sie nur die Gedanken oder die Schöpfung eines andern verkörpern könne. Sie sucht die geistige Inferiorität des Weibes auch historisch nachzuweisen. Die *pièce de résistance* ihrer Beweisführung sind die Nonnen früherer Zeiten, »wo es ganz sicher die begabtesten und persönlich entwickeltsten Frauen gewesen sind, die nach dem Kampf des Lebens das Kloster aufsuchten.« Wirklich? ganz sicher? Ist es nicht wahrscheinlicher, dass es die frömmsten und unglücklichsten Frauen waren, die im Kloster Frieden suchten? Und »nach dem Kampf des Lebens«? Also doch betagtere Damen, die wohl kaum noch den Sporn und Drang zum Beginn von Studien fühlten.

Ellen Key: »Was die Ideen betrifft, so gibt es keine geniale Frau, die dort originell wäre.« (Wie? Genial und ohne Originalität?) Um zu beweisen, dass die geniale Frau immer von diesem oder jenem Mann beeinflusst ist, führt sie Sonja Kowalewska an, »die von ihrem Lehrer Weyerstraß beeinflusst wurde.« Und die genialen männlichen Mathe-matiker, – die saugen sich wohl die Mathematik aus den Fingerspitzen?

Marie Bashkirtsew soll Bastien-Lepage nachgeartet sein. Hier ist sie im Widerspruch mit ihrer Prophetin Laura Mar-holm, die die junge Malerin origineller und genialer findet als ihren Lehrer.

Die berühmten Briefe der Sevigné sollen – nach Ellen Key – ihren unsterblichen Wert der Mutterliebe verdanken. Das wusste ich gar nicht. Ich dachte, es wären, neben dem wundervollen Stil, die genialen Zeitbilder, die die Briefe berühmt gemacht haben.

Das gehört eben auch zu den uns feindlichen Methoden, geniale Frauenleistungen – wenn sie nicht ganz wegzuleug-nen sind – auf einen Mann zurückzuführen, so dass gewis-sermaßen die Frauen – um ein Bild Heines zu gebrauchen – Zwerge sind, die groß erscheinen, weil sie auf den Schultern von Riesen stehen. George Sand soll ihre dichterischen Produktionen dem Einfluss ihrer Liebhaber und dem Phi-losophen Comte, George Elliot ihre Ideen Spencer verdankt haben, u.s.w.

Ja, glaubt man denn bei den Männern an Selbstbefruch-tung? Kants Ideen werden auf die englischen Philosophen zurückgeführt, diejenigen Nietzsches auf Stirner, und die Stirnerschen wiederum auf Hegel. Schopenhauers Philoso-phie soll im esoterischen Buddhismus wurzeln, und die Hei-nesche Poesie wird als die in Stimmung umgesetzte Hegel-sche Philosophie bezeichnet.

Das hat gewiss alles seine Richtigkeit, denn wir alle sind Glieder einer unabsehbaren Kette von geistigen Wirkungen, die bis in die Anfänge der Kultur hinabreichen.

Die Werke der Frauen nur Fallobst! Fallobst auch Frau Lous Werke? Fallobst auch ihre Ideen über den Daseins-zweck des Weibes? Hätten sie sich da nicht, des mühelosen

Abschüttelns der unreifen, angegangenen Früchte enthalten sollen? Ist es nicht eine fast grobe Naivetät, wenn eine Frau dem Weib die Ideen produzierende höhere Intelligenz abspricht und in demselben Atem ein souveränes Verdikt über die höchsten Probleme der Menschheit abzugeben sich berechtigt glaubt? Ist es nicht verwunderlich – um nicht einen härteren Ausdruck zu gebrauchen – die Dringlichkeit zu sehen, mit der diese Frauen die intellektuelle Inferiorität ihres Geschlechtes der Welt kund und zu wissen tun? Man ist versucht, ihnen zuzurufen: Bitte sprechen Sie in Ihrem Namen!

Und braucht denn der Mann diese Apologetinnen seiner Ideentiefe? Wenn er nur nicht stutzig wird bei diesen gedruckten Zusicherungen seiner intellektuellen Überlegenheit, die von geistig ihm nicht Ebenbürtigen ausgehen! Ich werde immer stutzig, wenn jemand, dessen Intelligenz nicht besonders ist, ein Buch von mir lobt, und denke: es gleicht dem Geist, dem es gefällt.

Die Gegnerinnen des Radikalismus in der Frauenfrage verwerfen im großen und ganzen die Berufstätigkeit der Frau, die – nach Laura Marholm eine schwere Kulturbedrohung bedeutet. »die Mütterlichkeit«, sagt Ellen Key, erschöpft die psychischen und physischen Kraftquellen des Weibes. Und Frau Lou: die Frau soll nur immer bei sich selbst bleiben und »nicht in zersplitternder Einzeltätigkeit um sich hauen wie der Mann.«

Frauen müssen (wenn sie studieren) das Weib in sich ersticken.

Grausamste Ungerechtigkeit der Natur! Der Mann, der Glückliche, – er studiere so viel, so ernsthaft, wie er will: erstickt er dabei den Mann in sich? O nein, schon der eifrigste Student benimmt sich meist gefährlich erotisch, obgleich er daneben noch so sehr viel Bier trinken muss, was die studierende Jungfrau höchstens in Witzblättern tut.

Sollte man nicht vielmehr annehmen dürfen, dass der Adel wissenschaftlicher Studien eher vergeistigend als vergröbernd auf Antlitz, Haltung und Gebärde wirke und der Frau mehr Anmut und Würde verleihe als die massenhaftesten Familiengefühle?

Ellen Key hat studiert. Ob ihre Weiblichkeit es ausgehalten hat? Wie überzeugend wäre es, wenn sie vor uns hinträte mit den Worten: Ich spreche aus eigener Erfahrung, denn trauernd sitze ich auf den Trümmern meiner Weiblichkeit!« Und wenn die Frau wirklich durch eine Berufstätigkeit einige ihrer reizvollen weiblichen Eigentümlichkeiten einbüßte, wozu braucht denn Ellen Key für die ästhetischen Genüsse, die Anmut und Schönheit des Weibes den Männern bieten, so ins Zeug zu gehen? Die werden schon selbst für ihre Lebensfreuden sorgen.

Ellen Key fürchtet auch, »dass ein so begrenztes Wesen, wie die Frau es ist, von einer zu großen (intellektuellen) Kraftentwickelung zersprengt werde.« Wenn es nicht unhöflich klänge, könnte ich sagen, dass ihre Kraftentwickelung bei der Abfassung ihres Essays nicht zu groß gewesen sein muss, da sie ihr begrenztes Wesen nicht zersprengt hat.

»Wenn erst«, sagt Frau Lou, »durch das geistige Rivalisieren mit dem Mann bei der Frau der Ehrgeiz geweckt würde, so wäre das ungefähr die tödlichste Eigenschaft, die das Weib sich anzüchten kann.« Sie verwirft es als den allerpersönlichsten Ehrgeiz, als die zugespitzteste Selbstsucht der Vereinzelung, wenn das Weib als Anne oder Marie eine gewisse Stufe der Vollendung erreichen will, statt als Weib im allgemeinen sich in der eigenen Welt genügen zu lassen, zufrieden, im Meer des Weibtumes als einzelner Tropfen zu verperlen.

»Die Abwesenheit von Ehrgeiz macht des Weibes natürliche Größe aus, die sichere Gewissheit, dass es eines Beweiserbringens ihrer Leistung nicht bedarf.« Sollte diese Gewissheit, dass sie nur da zu sein braucht, um zu laben, zu beglücken, nicht an die Stelle des Ehrgeizes satteste, saftigste Eitelkeit und Eigenliebe setzen?

Auch Ellen Key entdeckt, dass die weibliche Natur ohne Ehrgeiz ist.

Das Weib ohne Ehrgeiz! Mit welchen Madonnen, ephebischen Jungfrauen oder arkadischen Schäferinnen haben diese Damen denn verkehrt? Ehrgeizig habe ich das Weib gefunden wie den Mann, wenn auch auf anderen Gebieten. Schon das Backfischchen ist auf einem Ball von dem glühenden Ehrgeiz erfüllt, die meisten Bouquets zu erhaschen. Die Mutter erhebt ihre Dutzendkinder zu Genies – aus Ehrgeiz. Und die Hausfrau, der das Übertrumpfen anderer Hausfrauen die intimsten Herzensfreuden verschafft? Und die Weltdame auf ihren Eroberungszügen durch die Salons? Sie wären nicht ehrgeizig, über alle Maßen ehrgeizig? Der Ehrgeiz müsste ihnen erst angezüchtet werden?

Ich habe es im Leben nie anders wahrgenommen, als dass die Anne als Anne, die Marie als Marie gelten wollte, ohne jede Geneigtheit, als einzelner Tropfen im Meer zu verperlen, was ja schließlich das Los aller ist, ein Los, dem sich die Weisesten – zu denen ja die Frauen nicht gehören sollen – am leichtesten fügen.

Gemeinsam ist den drei Schriftstellerinnen auch, dass sie dem Speer des Achilles gleichen, der die Wunden, die er schlägt, auch heilt.

Ellen Key: Zur Intelligenzhöhe des Mannes kann das Weib nicht hinauf, dafür erreicht er nie die tiefste Tiefe ihres Gefühles. Frau Lou spricht der Frau das Differenzierungsvermögen ab, aber: dass sie es nicht hat, gerade das ist ihre genialische Kraft.

Für politische Gründe, logische Beweise und Schlussfolgerungen der Männer ist das Weib nicht zugänglich, aber dafür setzt sie »ihren eigenen Glauben, die Hoffnung und das Vorgefühl ein.«

»Nur der Mann gibt der Menschheit neue Ideen, Kunst-
schöpfungen u.s.w. Dafür erzieht das Weib der Menschheit
neues Leben« (in den Kindern). Das wäre aber doch eine
Ungerechtigkeit der Natur gegen den Mann. Kinder kann
jede Frau kriegen, aber nicht jeder Mann kriegt neue Ideen.
Was für ein Äquivalent gewährt die Natur den Männern, die
keine Ideen gebären?

Mir scheint, ein Kardinalfehler, der den Auffassungen
dieser Frauen zu Grunde liegt, ist, dass, wenn sie vom Weibe
sprechen, sie immer nur das junge Weib im Auge haben. Sie
berücksichtigen nicht die ältere und nicht die alte Frau. Und
die wollen doch auch leben. Ellen Key berücksichtigt sie
nicht, da sie Kinderpflege und Erziehung (deren das erwachsene Kind nicht mehr bedarf) zum Daseinszweck des Weibes
macht, Laura Marholm, da ihr die seelisch-sinnliche Hingabe
an den Mann der Inhalt des Frauenlebens ist, eine Hingabe,
die nur der jungen und jüngeren Frau anstehen dürfte. Auch
Frau Lous Ausführungen lassen die Vorstellung von ältlichen Frauen nicht zu. Am Schluss ihrer Abhandlung sagt sie:
»Wenn der Mann von dieser Höhe (den Weihestunden auf
Bergeshöhen) niedersteigt ... in den lauten Werktag und das
Weib sieht: da muss es ihm vorkommen, als sähe er die Ewigkeit selbst in Gestalt eines jungen, knieenden Wesens ...«
Und wenn er eine alte runzelige Hausfrau oder eine bebrillte
Großmutter knien sähe: würde es ihm auch so vorkommen,
als sähe er in ihrer Gestalt die Ewigkeit selbst? Kaum.

Von wundervollster Einigkeit sind die Drei in ihrer heftigen Antipathie gegen die Frauenrechtlerinnen. Tempera-
mentvoll schildern sie ihren unheilvollen Einfluss. »Es ist
Zeit, dass wir unser ganzes Weibsein zurückerobern, alles
von uns weisen, was wir kraft und durch unser Geschlecht
nicht sind.« So Laura Marholm. Und Ellen Key: »Wenn die
Frauen erst wieder Frauen sein dürfen, brauchen sie nicht
mehr ihre herzzerreißenden Schriften zu schreiben.«

Bei solchen Auslassungen fasse ich immer an meinen Kopf und frage: Bin ich verrückt oder …

Ja, wer um Gotteswillen hat die Frauen denn gehindert, alles ihnen Widerstrebende zurückzuweisen? Machtmittel sind doch nur angewendet worden, sie von Bildungsstätten fern zu halten, aber nicht um sie hineinzutreiben. Wer hat je eine Frau gehindert, das Weibsein im Sinn dieser Antifrauenrechtlerinnen zu üben? Wer hat je ihrer »Selbstbehauptung durch Selbsthingabe« (nach Frau Lou und Ellen Key die Lebensaufgabe der Frau), wer hat je ihrer Lust, ein Dutzend Kinder zu gebären, Schranken gesetzt? Haben die berufsmäßig Arbeitenden Schreie ausgestoßen, so waren es Freudenschreie über die Erlangung einer Stelle, die ihnen Brot gab, da sie nun doch einmal von ihren unermesslichen Gefühlen nicht leben können und ihnen ja auch die Kinder (um derenwillen sie da sein sollen), nicht vom Himmel in den Schoß fallen. Die Emanzipationsbestrebungen sind doch gerade umgekehrt eine Antwort auf die Schmerzensschreie der Frauen, die unter der engen Gebundenheit des Weibes, unter seiner absoluten Abhängigkeit vom Mann litten, der Frauen, die an physischem oder psychischem Hunger verdarben. Ein solcher Schmerzensschrei ist das Buch »Halbtier« von Helene Böhlau.

Und weiter schildert Ellen Key die Leiden der Unglücklichen, die den Emanzipierten ins Garn gegangen sind: »Unzählige Impulse der Zärtlichkeit müssen sie unterdrücken … ihr Herz gegen tägliches Anklopfen verhärten … sie müssen sich von den kleinen Kinderhänden losreißen.« … Auch völlig beruflose Frauen reißen sich unter der Beihülfe von Kinderfrauen und allerhand anderen, zum Teil sehr willkommenen Abhaltungen, die den größten Raum des Tages in Anspruch nehmen, von den kleinen Kinderhänden los; und die kleinen Kinderhände wachsen so schnell und machen sich dann von selbst von den großen Mutterhänden los.

Ellen Key oktroyiert den Frauenrechtlerinnen: »Sie sehen ein, dass das Gehirn ihre Muskeln entkräftet« (durch die Studien). Erstens: sie denken nicht daran, es einzusehen; und wäre es der Fall: könnte dann nicht das auf Kosten der Muskeln so sehr gekräftigte Gehirn ihnen zu der klugen Einsicht verhelfen, dass Leibesübungen – Schwimmen, Turnen, Radeln, Massage, Luftbäder, Tennis u.s.w. – ein Äquivalent für geistige Anstrengungen bieten?

»Die Frauenrechtlerinnen haben auf die Mehrzahl der Frauen einen ungeheuren Druck ausgeübt.« Wo denn? Wie denn? Vergebens besinne ich mich auf Schriften, Reden, Petitionen oder irgend eine Art der Agitation, die angetan waren, einen ungeheuren Druck auf die Frauenwelt auszuüben, und die Hausfrau veranlassten, »sich als Armenhäuslerin zu fühlen.«

Und mein eigenes Frauenideal?

Ich brauche mich nicht in die Unkosten eigener Gedanken und Worte zu stürzen. Ein Satz aus Ellen Keys Schrift deckt sich völlig mit meinem Ideal vom Frauentum. Sie sagt: »Jede Frau muss, ohne dass ihr von der Gesellschaft Hindernisse in den Weg gelegt werden, danach streben dürfen, das herauszufinden, was die Natur gerade mit ihr beabsichtigt hat … Es gilt, diese Eigenart bis in die geringsten Einzelheiten zu schützen.« (Dass ihre Gesamtauffassung der Frau im grellsten Widerspruch zu diesem Satz steht, ist nur ein Widerspruch mehr in dem Essay.)

Warum hält man die Frauen für Törinnen, die sich selbst weh tun, gerade das tun wollen und werden, was gegen ihre Natur ist? Aus seiner eigenen Haut zu fahren, verbietet sich ja eigentlich von selbst. Ein Unmusikalischer wird sich nicht – falls er nicht ein Narr ist – der Musik widmen. Das gilt auch von allen übrigen Arbeitgebieten, vorausgesetzt, dass eine Notlage uns nicht Widernatürliches aufzwingt. Ich sah einen Menschen, der mit den Füßen schrieb. Aber er hatte keine Hände. Bei Gott, wenn diese lieben und hochbegabten Dichterinnen so sehr gegen die Berufstätigkeit der Frau und ihre Konkurrenz mit dem Mann eifern: warum bleiben sie denn nicht selbst im Rahmen der Weiblichkeit, fern jeder Berufstätigkeit, warum produzieren sie denn Fallobst und ähnliches Zeug? Warum streben sie denn nicht Ellen Keys Zukunftsideal an: »Das Weib mit der Nahrung für einen Herakles im schwellenden Busen«?

Eine Karikatur ihrer Art bietet ein Verein von Antifrauenrechtlerinnen in Amerika, dessen Mitglieder von öffentlicher Rednerbühne herunter die gröbsten und zornigsten Bannflüche auf die Frauenrechtlerinnen niederschmettern.

Und warum stellen diese Frauen nicht einfach und klar – ja: besonders klar – ihre Thesen auf? Warum verkleiden sie ihre Gedanken? Wozu der malerische Faltenwurf, der stolze Kothurn, der mystische Dreifuß? Es gibt ja so viele andere, für poetische Ergüsse geeignetere Gebiete als die Frauenfrage! Wer, nachdem er Ellen Keys »Missbrauchte Frauenkraft« gelesen hat, mir sagen kann, was sie nun eigentlich will, was die Frau tun und was sie lassen soll, – den halte ich für einen gewiegten Rätselentzifferer.

Frau Lou freilich will nichts als ein goldumduftetes Bild der Frau geben, wie sie visionär es in der Seele geschaut hat. Sie enthält sich des kategorischen Imperativs: Das Weib soll!

Nein. Sie soll nicht. Was ich sein *kann*, das *will* ich sein. Wie? man will mich in die kompakte Masse einer bestimmten Wesenheit hineinkneten? mich mit naiver Brutalität in einen Gattungsbegriff zwängen, wie es mit den Tieren geschieht, bei denen auch nur die Gattung, nicht das einzelne Exemplar in Betracht kommt? Ein Esel ist so ziemlich wie der andere Esel, aber nicht ist ein Weib wie das andere. Die Frauen sind untereinander so verschieden, wie ein Mann von dem andern verschieden ist. Was die eine energisch von sich weist, kann die andere ebenso energisch erstreben. Fühle ich den Trieb, irgend eine Wissenschaft zu studieren, oder mir als Kaufmann Millionen zu erwerben, so ist es Vergewaltigung, mir Wissenschaft und Millionen aus meinem Lebensrepertoire zu streichen.

Man gibt mir einen Gatten und sagt: das bist Du! Man gibt mir eine Hauswirtschaft und sagt: das bist Du! Man gibt mir ein Kind: das bist Du! Aber diese Besitztümer alle können mir auf irgend eine Weise wieder abhanden kommen, und ich allein bleibe immer übrig, ist das blühende Gerank von mir abgefallen, als ein kahler Stamm, wenn der Stamm nicht aus der eigenen Wurzel genährt sich nicht mit eigenem Laubwerk schmücken kann.

Gleichgültig, ob ich Mann, Weib oder Neutrum bin – das Geschlecht ist Privatsache – vor allem bin ich Ich, eine bestimmte Individualität, und mein menschlicher Wert beruht auf dieser Individualität.

Was reden denn all' die Fremden in unsere Seelen hinein! Was haben sie sich um unser Weibsein zu kümmern? Des Weibseins werde ich nun und nimmer ledig, ob ich dem Holofernes den Kopf abschlage oder mich von meinem betrunkenen Mann prügeln lasse, ob ich als Griseldis oder Messalina entzücke oder entsetze.

Wer im Kampf der Geschlechter siegen wird?

Weit überragt der Mann an Intelligenz das von Gefühlen beherrschte Weib. Er hat die Macht. Auf allen wichtigsten Lebensgebieten bestätigen und bekräftigen Sitten und Gesetze seine Oberhoheit. Und der Sieg sollte zweifelhaft sein? Oder – geht doch Recht vor Macht? Ist in zeugungsstarken Ideen eine siegende Kraft, vor der das Schwert zerbricht, da ein Gott daran rührte?

Ich glaube, dass ich eine ganz normale Frau bin – Durchschnitt – vielleicht mit einem kleinen Überschuss derjenigen Qualität, die man als besonders weibliche zu bezeichnen pflegt. Meine persönlichen Neigungen sind jeder bestimmten Berufsart widerstrebend, um keinen Preis hätte ich Ärztin, Oberlehrerin oder gar Königin werden mögen, und am allerwenigsten – ein Mann.

Wenn ich trotzdem mit glühender Überzeugung die Gleichberechtigung der Geschlechter fordere, so geschieht es auf Grund langer Erfahrungen und Beobachtungen, auf Grund des einfachen gesunden Menschenverstandes, der nicht verstehen kann, dass man Menschen, die ihre fünf Sinne haben, in Zwangsjacken steckt. Es geschieht auf Grund der ethischen Forderung einer Aufwärtsentwickelung, die nicht nur das Recht, sondern auch die Pflicht jedes Menschen ist. Und es geschieht endlich auf Grund eines tiefen Seelenschmerzes.

Ich brauche niemand zu fragen, was in der Frauenbewegung das Richtige ist. Ich weiß es. Der, dem ein Dachziegel auf den Kopf fällt, weiß, dass das Dach schadhaft ist. Er braucht es nicht erst untersuchen zu lassen. Wenn man mich um des Umstandes willen, dass ich mit weiblicher Körperbildung zur Welt kam, des Rechtes beraubte, meine Individualität zu entwickeln, wenn man der nach Wissen und Erkennen Verlangenden den wirklich überschätzten Kochlöffel in die ungeschickte Hand drückte, so jagte man damit eine Menschenseele, die vielleicht geschaffen war, herrlich und nutzbringend zu leben, in ein wüstes Phantasieland wilder und unfruchtbarer Träumereien, aus denen sie erst erwachte, als dieses Leben zur Neige ging.

Wer so des Weibtums ganzen Jammer in der eigenen Brust gefühlt, der ermisst an dem Schmerz der nie vernarbenden Wunden die tödliche Ungerechtigkeit der bisherigen Weltordnung. Ein Kreuz war bisher das Weibtum, an das man die Frau genagelt. Der Narben lacht, wer Wunden nie gefühlt. Darum eben lacht der Antifeminist.

»Schreibe mit Blut« (Nietzsche). Dieses Buch der Verteidigung ist mit Herzblut geschrieben.

Von der alten und der neuen Ehe

Was bezweckt (in der Meinung der Antifeministen) die Natur mit dem Weibe?

Hauptzweck: Kindergebären.[7]

Nebenzweck: Ehe, einschließlich der Hauswirtschaft.

Der Antifeminist ist der Meinung, dass Ehe und Berufstätigkeit sich ausschließen, dass die letztere das Glück der ersteren untergräbt.

Das Glück der Ehe hängt zum Teil von der Wahl ab, die das Mädchen trifft.

Gewiss, aus Liebe werden viele Ehen geschlossen, um der Versorgung willen aber noch mehr. Nichts wäre ungerechter als den jungen Mädchen daraus einen Vorwurf machen zu wollen. Hält Hunger und Liebe das Weltgetriebe zusammen, so kommt zuerst der Hunger und dann die Liebe. Die Frauen sind keine Asketen. Und die Ehe schließt oder schloss bisher alle Lebensfreuden des Weibes – inklusive der Mutterschaft – ein.

Unaufhörlich wird der Jungfrau Ehe und Mutterschaft als der höchste, ja der einzige Beruf des Weibes gepriesen. Nichts ist natürlicher, als dass sie, um dieses höchsten und einzigen Berufes teilhaftig zu werden, alle Hebel in Bewegung setzt, und zwar diejenigen Hebel, die erfahrungsmäßig den Erfolg – die Eroberung des Mannes – verbürgen. Es sind all die kleinen Listen und Künste der Toilette, der Koketterie, der erotischen Anreize. Der etwaigen Unbeholfenheit der jungen Tochter hilft die erfahrene Mutter nach.

---

7 Von allem, was sich auf die Frau als Mutter bezieht, wird in einem zweiten Teil dieses Buches die Rede sein.

Der Moralist gerät in Harnisch – mit Recht. Hören wir ihn, und zwar aus dem Munde eines Ethikers vom reinsten Wasser, eines Mannes, der allwinterlich wie das Mädchen aus der Fremde nach Berlin kommt, wo er eine große begeisterte Schar schöner Seelen um sich sammelt, die nach Glauben, Liebe und Idealität dürsten, und die er durch Vorträge (zu denen selten ein Platz zu haben ist) von irgend etwas zu irgend etwas erlöst.

In der Broschüre des Dr. Johannes Müller, die mir vorliegt, erlöst er das Weib aus der Gefahr in die Grube zu fallen, die die Frauenbewegung ihr gräbt. Er gebietet dabei über eine Fülle von Gefühlen, die noch warm vom Herzblut rauchen.

Dieser Seelencharmeur verlangt bei der Eheschließung »Vorsicht, Gewissenhaftigkeit, die Prüfung der Empfindung nach Echtheit und Tiefe des Zusammenklangs der Arten nach Echtheit und Harmonie«.

Sehr schön (besonders in Versen – siehe Schiller), aber – ist die Jugend schnell fertig mit dem Wort – mit dem Verlieben ist sie noch schneller fertig, weil sie eben Jugend ist. Wo die Natur selbst ein *furioso* anstimmt, nutzt es nicht ihr ein *piano* vorzuschreiben.

»Wenn eine Frau – fährt er fort – den Mann durch ihr Äußeres zu fangen und zu fesseln sucht, prostituiert sie sich und ihre Liebe … Die Ehe wird nur durch die Unmittelbarkeit der Liebe geheiligt. Dient sie anderen Zwecken, so ist sie eine Gemeinheit.«

Sehr ethisch, aber – das Weib wird aufhören, den Mann durch ihr Äußeres fesseln zu wollen, von dem Augenblick an, wo er sich durch ihre Seelenschönheit fesseln lässt. Die Frauen machen eben aus der Not – ein Laster.

Übrigens die Ansichten auf diesem Gebiete divergieren erheblich. Lesen wir nicht in gepriesenen Schriften, dass Schönheit die Mission des Weibes sei? (Und niemals noch stand in Parenthese: Schönheit der Seele.)

Als Phryne wegen unsittlichen Lebenswandels verurteilt werden sollte, enthüllte sie ihre Schönheit, und die Richter sprachen sie frei.

»Liebe«, sagt Tasso, »ist das Begehren der Schönheit.«

Und Mantegazza, der merkwürdigerweise für einen feinen Psychologen gilt, gibt zwar zu, dass unter Umständen, durch Eigenschaften des Herzens veredelt, auch wohl mittelmäßige Formen Leidenschaften erwecken könnten, aber »eine solche Liebe wäre schon keine ganz natürliche mehr«.

Plato, zweifellos ein Adelsmensch, war der Meinung, dass der alleinige Zweck der Ehe die Fortpflanzung sei, und er schlug sogar, um edlere Menschenarten zu erzeugen, eine Zuchtwahl vor. Die Liebe der Seele, nach ihm die platonische genannt, übt ihren Zauber jenseits der Fortpflanzung des Menschengeschlechts.

Es ist noch nicht allzu lange her, da scheint man den Ehetrieb des Mannes direkt an die Damentoilette und des damit bewirkten Zaubers geknüpft zu haben.

Im Jahre 1779 wurde folgende Akte im englischen Parlament eingebracht: »Alle Weibsleute ohne Unterschied des Alters, Ranges oder Standes, gleichviel ob Jungfrau oder Witwe, welche nach dem Erlass dieser Akte irgend einen der männlichen Untertanen Sr. Majestät in verräterischer oder betrügerischer Weise durch Schminke, Salben, Schönheitswasser, Reifröcke, Hackenschuhe, gepolsterte Hüften u.s.w. zum Eingehen einer Heirat verlocken, machen sich der Strafe schuldig, die das Gesetz über das Vergehen der Zauberei verhängt hat, und soll eine solche Heirat nach Überführung des betreffenden Frauenzimmers für null und nichtig erklärt werden.«

Mit dieser Sache ist es wie mit dem Duell. Alle Welt verdammt es. Verweigert aber der Offizier – mag es auch aus ethischen Gründen sein – das Duell, so ist es aus mit ihm.

Alle Welt verwirft die Kokette und kann nicht genug die Zurückhaltung, die Bescheidenheit und Häuslichkeit der Frau rühmen. Wird aus dem jungen Mädchen aber – weil es ihr nicht gelungen ist, einen Mann zu kaptivieren – eine alte Jungfer, so zählt sie in der Gesellschaft, wo man sich nicht langweilt, nicht mehr mit.

Voll moralischer Glut beschwört der Ethiker vom reinsten Wasser die Frauen, sich den modernen Emanzipationsideen zu verschließen und zu den alten Pflichten zurückzukehren.

Ja – ist denn die Liebe der Jungfrau als ausschlaggebendes Ehemotiv nicht beinahe eine moderne Idee? Seit wann ist sie denn wirksam? Mussten nicht bis an die Schwelle des 19. Jahrhunderts die jungen Mädchen bei der Eheschließung dem Willen der Eltern sich beugen? Gehörte nicht gerade dieser Gehorsam zu ihren Pflichten?

Und sie hätten sich um dieser Pflichterfüllung willen seit Jahrtausenden im Schmutz der Gemeinheit aufgehalten? Ach, wohl eher oft im Tal der Tränen.

Ich muss immer etwas trübe lächeln, wenn ich mit solcher ethischen Inbrunst die Liebe als des Ehebundes einzig würdiges Motiv preisen höre. Und es bedarf doch nur einer geringen Lebenserfahrung, um zu erkennen, dass diese Liebe zwischen Jüngling und Jungfrau fast immer dem Naturtrieb im Bunde mit dem Zufall ihr Dasein verdankt.

Der Pfeife des Rattenfängers von Hameln gleichen die jungen Verliebtheiten. Sie lockt – wohin? Man weiß es nicht, ob auf einen Dornenweg, ob in ein Land, wo die Sonne nicht untergeht.

Der Dr. Johannes in seiner subtilen, ethischen Keuschheit ist freilich der Ansicht – eine von vielen geteilte -, dass des Weibes Liebe zum Manne nur aus der unbewussten Liebe zum Kinde stamme. Aber – aber, da wählen doch viele Frauen im Interesse ihrer Kinder recht unzweckmäßig den Erzeuger dieser Kinder.

Die moralische Unzulässigkeit des Ehemotivs der Versorgung ist außer Frage. Es fällt bei der erwerbenden Frau fort. Sie braucht nicht um der Versorgung willen zu heiraten, da sie sich selbst versorgen kann, sie braucht sich nicht mehr mit fremden Federn – mit der sozialen Stellung ihres Gatten – zu schmücken, da sie imstande ist, aus eigener Kraft eine Stellung zu erringen.

Ferner: die Frau, die sich einem Berufe widmet, wird in der Regel später als das Haustöchterchen heiraten, um die Studien und Vorarbeiten, die ihr Beruf heischt, zu Ende zu führen. Dass spätere Eheschließungen mit gereifterer Intelligenz, dem gefestigteren Charakter, der kräftigeren Physis des jungen Mädchens die Ehe günstig beeinflussen werden, unterliegt keinem Zweifel. Ihr freierer Verkehr mit den jungen Männern, sei es auf der Universität, in Ateliers, Bureaus, Werkstätten (gemeinschaftlicher Unterricht von Knaben und Mädchen in den Schulen müsste ihn einleiten) würde ihre eine Männerkenntnis vermitteln, die dem Haustöchterchen versagt bleibt.

Und dieser freie, von geistigen oder Berufsinteressen unterstützte Verkehr würde die Beziehungen der Geschlechter, die bisher fast ausschließlich auf geschlechtlicher Basis ruhten, um ein neues und schönes Element – das der Kameradschaft – bereichern.

Alle Züricher Studentinnen, die ich je Gelegenheit hatte zu sprechen, dachten mit Entzücken an ihre Universitätsjahre zurück. Und immer war ein wesentliches Moment dieser schönen Freude die gemüt- und geistanregende Kameradschaft mit den Studenten.

Es geschieht nicht selten, dass man die immer sinkende Ziffer der Eheschließungen in bürgerlichen Kreisen auf die weiblichen Emanzipationsbestrebungen zurückführt. Die mannigfaltigen Gründe dieser Erscheinung zu erörtern, würde hier zu weit führen. Nur darauf möchte ich hinweisen, dass bei der Eheschließung die finanzielle Frage von größtem Gewicht ist. Ein Reichstagsmitglied tat kürzlich den Ausspruch: »Der jetzige Zolltarif wäre der Nährvater der Ehelosigkeit.«

Wohlhabenderen Mädchen steht die Ehe immer offen. Dass sie aus eigenem Willen ledig bleiben, gehört zu den Ausnahmen. Die unverheiratet gebliebenen sind die mitgiftlosen Mädchen. Ein Witzbold gab auf die Frage: »Wie beseitigt man die alten Jungfern?« die Antwort: »Mit Gift.« Verwunderlich ist es nicht, dass der Mann bei den sich immer steigernden Lebensansprüchen zaudert, die großen Kosten eines Haushaltes zu tragen, in einer Zeit, wo aller Komfort und alle Annehmlichkeiten des Hausstandes ihm auch außer dem Hause geboten werden.

Und aus den Kindern scheint er sich ja nicht viel zu machen; während die Mütterlichkeit bis zum Überdruss in den Himmel – in den siebenten Himmel – erhoben wird, ist von der Vaterschaft kaum die Rede.

Ist die Frau in einem Berufe tätig, so erzielt sie Einnahmen, die gleichbedeutend mit einer Mitgift sind, ja sie bedeuten mehr, denn in vielen Fällen stellen sie eine von Jahr zu Jahr sich steigernde Rente dar. Damit beseitigt die erwerbende Frau ein Haupthindernis – das finanzielle – für die Eheschließung.

Der Dr. Johannes belehrt uns nicht nur darüber, aus welcher Gesinnung heraus das junge Mädchen zu wählen, sondern auch auf wen ihre Wahl zu fallen hat, nämlich: auf einen Helden. Denn »Ihre Natur ist auf Abhängigkeit angelegt ... Sie will sich unterwerfen, beherrscht sein. Es gibt keine ursprüngliche Liebe der Frau ohne Enthusiasmus und Respekt, ohne die Empfindung seiner Überlegenheit ... Nur wenn eine Frau im Manne den Helden fühlt und von der Wollust bedingungsloser Unterwerfung berauscht wird, kann sie mit der ganzen Tiefe und Glut lieben, deren ein

Weib fähig ist.« Und er preist »das süße Glück des Weibes, im Manne den Helden gefunden zu haben, dem es hörig und treu ergeben sein darf«. (Ob mit diesem Heldenanspruch an den Gatten die Ehelosigkeit nicht grauenhafte Dimensionen annehmen müsste?)

Er schildert die schauerlichen Verheerungen, die aus dem Weibe, das einen Schwächling heiratet, ein unfruchtbares, hohles hässliches Zerrbild machen würde. Sie kann sogar Frauenrechtlerin, wenn nicht Schlimmeres werden ... Jedenfalls Leidensgestalten (die keine Helden fanden), denen die Seligkeit der Selbstunterwerfung unter den Mann versagt ist ... Es bleibt dabei, die Stellung des Weibes zum Manne ist Abhängigkeit, Ergebenheit, Gehorsam.

Griseldis rediviva! Die Raudenteleins lachen.

Und wo bleibt die Schwiegermutter? Wie, hinter diesem süßen, hörigen Weibchen lauert latent schon die Arge? Könnte man die Schwiegermütter nicht auch zur Hörigkeit anhalten?

»Dass es so ist«, sagt er, »sieht man daraus, dass der Mann, der ein solches Weib gefunden, etwas so Köstliches, Wunderbares, beinahe Überirdisches in ihr erblickt« ...

Aber – aber – durch ihre Gattenanbetung erscheint sie beinahe überirdisch? Was und wie muss dann freilich der angebetete Gegenstand selbst sein? Ein Herrgöttlein mindestens. Die Adamsrippe ist dauerhaft. Sie spukt noch immer als Symbolikum in den Gehirnen der Menschen.

Man sagt mir, dass dieser glühendste Apologet der Ehe erst ganz kürzlich, schon im Schwabenalter, geheiratet habe, und dass er nicht etwa so ein Lämmchen auf der Weide seines Herrn erkoren, nein – eine Künstlerin.

Aber das glaube ich nicht.

Übrigens steht der Seelencharmeur mit seiner Verherrlichung des hörigen Weibes nicht allein. Erlauchte Geister sekundieren ihm. So der französische Dichterphilosoph

Michelet. Der echten und rechten Gattin legt er die Worte in den Mund: » *ce que tu crois, je le crois, ton peuple sera mon peuple et ton dieu sera mon dieu.*«

Und Mantegazza bläst *fortissimo* in dasselbe Horn : « Der Mann, welcher auf die Herrschaft verzichtet, ist ein Löwe, der sich die Mähne abschneiden lässt, ein geschorener Simson, eine mildere Form des Eunuchen. »

Und Nietzsche: »Das Glück des Mannes: ich will! Das Glück des Weibes: er will!«

Ein braver Herrenrechtler wirft die Frage auf: wie sollte es auch werden, wenn in einer Ehe, wo es keine Über- und keine Unterordnung, also kein Gebieten und Gehorchen gibt, Meinungsverschiedenheiten auftreten? Und er meint, dass hier ein unlösbares Rätsel vorläge.

Eine lebenslängliche Gemeinschaft zweier Menschen ist in der Tat ohne Meinungsverschiedenheiten undenkbar und auch wohl kaum wünschenswert. Ein gemütlicher Pastor, dessen Intelligenz sicher nicht im entferntesten an den Scharfsinn des Herrenrechtlers heranreicht, löste dieses Rätsel gelegentlich der Trauung meines Dienstmädchens sehr einfach. »Vertragt Euch!« sagte er zu dem Brautpaar. »Wir können nicht alle egal sein. Eins muss sich in das andere schicken.«

Ja, gegenseitiges Nachgeben in Liebe und Güte, nicht Befehle, überbrücken noch am ehesten die Gegensätze. Die gewalttätige Unterdrückung ihrer Äußerungen aber erzeugt Feindseligkeit, hinterlistigen, tückischen Kampf, erzeugt die innere Auflösung der Ehe, die doch nicht weniger verhängnisvoll ist als die äußere.

Von Mannes wegen soll der Gatte in der Ehe entscheiden; aber auch von Gotteswegen? Müsste nicht, um der Heiligkeit der Ehe willen, die selbst von unsern polygamsten Gegnern so begeistert proklamiert wird, der bessere, edlere Teil den Ausschlag geben? Ist das immer der Mann? Kommt es wirklich nur darauf an, dass der Mann herrsche, gleichviel, ob sie ein Tugendspiegel und er ein »Sündenknüppel« ist?

Vielleicht ließen sich auch bei ehelichen Uneinigkeiten, wenn keiner der Gatten Herrenrechte übt, als höhere Instanz, als friedenstiftendes Element, die gemeinsamen Interessen der Eheleute ansprechen, mögen dabei die Kinder oder die häusliche Behaglichkeit, das Liebesleben oder einfach die Erkenntnis des Miteinanderauskommenmüssens im Vordergrund stehen.

Warum untersucht der Ethiker vom reinsten Wasser nicht, wie dieses Verhältnis der absoluten Über- und Unterordnung auf Mann und Frau wirkt? ob ethisierend und veredelnd, oder – anders?

Das wäre ein eigenes Kapitel in der Geschichte der Ehe.

In einer Staatsform, wo vor einem unumschränkten Souverän die Untertanen im Staub liegen, dürfte ein solches Verhältnis Herrscher und Beherrschte gleichmäßig entadeln, den Aufstieg des Volkes hemmend. Greift ein absoluter Herrscher zu stark in die Persönlichkeitssphäre der einzelnen Untertanen ein, so empfinden die Beherrschten den Druck als unleidlich, und der Grund zu Revolutionen ist gelegt.

Fordert ein despotischer Eheherr die ganze Persönlichkeit der Frau für sich und sein Behagen, so dass sie gewissermaßen von der Ehe aufgesogen wird, so fühlt sie sich als Sklavin, mit dem Drang, Ketten zu brechen, ein Drang, der sich leicht als Ehebruch oder Scheidung entladet.

Ihr Glück ist: »Er will.« Hm!

Es ist ohne weiteres zuzugeben, dass eine Ehe, in der *er* ein Bösewicht ist, glücklicher ausfallen wird, wenn *sie* seine Teufeleien mitmacht, als wenn sie sich tugendhaft ihnen entgegenstemmt.

Gott weiß, wie sich diese Echotheorie vereinen lässt mit jener anderen Auffassung, der wir ausnahmslos bei allen

Antifeministen begegnen, und die das Weib als ein geistig und seelisch vom Mann völlig verschiedenes Wesen hinstellt.

Selbstverständlich schenkt uns auch dieser Herrenmensch nicht die ewige Wahrheit, dass die Frau dadurch (durch ihre Hörigkeit) keineswegs unter den Mann gestellt werde. Im Gegenteil: sie erhebt sich damit erst zur Höhe ihrer menschlichen Bestimmung.

Kommen wir zur Ehe selbst. Was fürchten unsere Gegner für das Glück der Ehe von Seiten der berufstätigen Frau?

Erstens: die Vernachlässigung der Hauswirtschaft, und damit den Verlust der häuslichen Behaglichkeit.

Es ist Pflicht der Frau, dem Manne die häusliche Behaglichkeit zu schaffen. Sauberkeit, Ordnung, Pünktlichkeit, Geschmack gehören selbstverständlich dazu. Die Krone aber der häuslichen Behaglichkeit für den Mann ist – wenn wir offen sein wollen – die Küche, die gute Küche *notabene*.

Beiläufig sei hier erwähnt, dass im alten Griechenland das Kochen Sache der Sklaven war; in vornehmen Häusern übernahmen sie auch die Hausrechnungen.

Aha! ruft der Antifeminist, da habt Ihr's! Darum fehlte in jenem gelobten Lande hochfeinster Kultur der ehelichen Gemeinschaft die Herzlichkeit und Intimität, das starke Band der Küche zwischen ihm und ihr war gelöst.

Bereitet denn die deutsche Hausfrau die Mahlzeiten selbst?

Selten.

Das tut die Köchin oder das Mädchen für Alles.

Der Hausfrau liegt es ob, für eine gut kochende Köchin zu sorgen.

Aber die Köchinnen, ungelernt wie sie sind (mit Ausnahme der Perfekten, die nur für Millionäre zu haben sind), kochen in der Regel eine schöne Naht zusammen, wodurch sie nur allzu häufig den Erisapfel in die besten Ehen werfen.

Ja aber – wäre denn diesem unhaltbaren Zustand, dass die

Köchinnen nicht kochen können, nicht endlich einmal ein Ziel zu setzen – durch Kochschulen?

Freilich, da kommt nun wieder ein ganz großer Geist, natürlich der Nietzsche, und sagt: »Das Weib versteht nicht, was die Speise bedeutet. Und sie will Köchin sein?« (will sie es denn?) Er wirft ihr Gedanken- und Vernunftlosigkeit im Küchendepartement vor.

Also – *mulier taceat* nicht nur in der Kirche und Gemeinde, auch in der Küche.

Also – Weib hinaus aus der Küche!

Ei Mann – so koche du, und gib dafür dem Weib Sitz und Stimme im Reichstag, was du um so eher kannst, da derselbe Nietzsche doch sagt, dass die Beschäftigung mit Politik nur kleiner Geister Angelegenheit sei.

Bei der Frage der häuslichen Behaglichkeit scheinen zweierlei naheliegende Gedanken noch nicht aufgetaucht zu sein.

Einmal, dass die Frau, der man eine so große Nervensensibilität nachsagt, der häuslichen Behaglichkeit noch mehr bedarf als der Mann. Was ihr also etwa an Pflichtgefühl dem Manne gegenüber abgehen möchte, würde sie aus einem ganz egoistischen Bedürfnis, um ihrer selbst willen leisten. Fehlt ihr aber der Sinn für Ordnung, Schönheit u.s.w., nun, so wird sie, ob berufstätig oder nicht, zur Schaffung häuslicher Behaglichkeit nicht qualifiziert sein.

Zweitens: Liegt nicht der Gedanke nah, dass der Mann ein ziemlich ebenso wichtiger Faktor für die häusliche Behaglichkeit ist als die Frau?

Ich will nicht davon reden, dass auch seine Unordnung, Unpünktlichkeit u.s.w. einigermaßen ins Gewicht fällt; ist er aber ein rauhbeiniger, verdrießlicher, despotischer Herr, so infiziert er das Familienheim, trotz aller Mühwaltungen der Frau, mit Unbehagen, und die Insassen fühlen sich wie Delinquenten, immer einer Abstrafung gewärtig

Wie selbst wissenschaftlich hochstehende Männer, die schon durch ihr Spezialfach – die Nationalökonomie – zum Studium der Frauenfrage berufen wären – diese Frage behandeln – davon ein Beispiel.

In der Schrift eines berühmten (vielleicht ist er auch nur ziemlich berühmt) freisinnigen Professors der Nationalökonomie heißt es: (nachdem er vorausgeschickt hat, dass jede Frau, die nicht Mutter und Hausfrau wird, ihren Beruf, in dem sie das Höchste leistet, verfehlt hat). »Jede Frau, die eine schlechte Hausfrau und Mutter wird, schädigt wirtschaftlich und sittlich die Nation viel mehr, als sie ihr nützt, wenn sie die trefflichste Ärztin, Geschäftsfrau oder sonst was wird.«

Was gehört dazu, um eine treffliche Ärztin zu sein?

Ich meine: außer den selbstverständlichen Fachkenntnissen viel Intelligenz, edle Menschlichkeit, psychologischer Feinblick und unbeirrbare Gewissenhaftigkeit. Dass sie diese Eigenschaften als Ärztin derart konsumieren sollte, dass ihr für Haushalt und Mutterschaft nichts davon bleibt, glaube ich nicht.

Der ziemlich berühmte Nationalökonom scheint anzunehmen, dass alle berufstüchtigen Frauen schlechte Haushälterinnen, die Nurhausfrauen dagegen treffliche Wirtschafterinnen und Mütter sein werden.

Hätte er die Frage mit der Vorsicht und Gewissenhaftigkeit behandelt, die ihr gebührt, er würde im realen Leben Umschau gehalten haben, und es hätte ihm nicht entgehen können, dass bei den erwerbenden Hausfrauen nicht weniger gute Haushaltungen zu finden sind als bei den Nurhausfrauen. Auf die Selbsteinschätzung der letzteren hin seine Urteile zu fällen, ist doch nicht angängig.

Gewiss, es giebt auch unglückliche Ehen, in denen die Frau erwirbt. Daraus den Schluss ziehen zu wollen, dass bei der Berufstätigkeit der Frau das Familienglück zu Grunde gehen müsse, wäre ebenso absurd, als wollte man behaupten, weil unter den berufslosen Gattinnen miserable Hausfrauen vorkommen, wäre die Berufslosigkeit der Frau mit der Ehe unvereinbar.

Es ist gleichgültig, ob die Frau selbst alles tut und immer hinter den Dienstboten her ist, oder ob sie mit Verstand und Umsicht ihre Hausgehilfinnen zu wählen, sie zu ihren Pflichten anzuhalten und zu disziplinieren versteht. Selbst der orthodoxeste unserer Gegner, der feurige Johannes, sagt an einer Stelle seiner Broschüre: »Die höchste Kunst wird auch im Frauenberuf sein, andere für sich arbeiten zu lassen, als ob man es selbst täte.«

Die Haushaltungsfrage ist wesentlich eine Dienstbotenfrage, und die Dienstbotenfrage ist wiederum eine Frage des Charakters und der Klugheit der Frau.

Der ökonomische Wert des Frauenerwerbs in der Ehe wird von unseren Gegnern bestritten.

»Was macht denn – ruft der ziemlich berühmte Nationalökonom – die Arbeit, die heut noch in der Familie geschieht, billig und gut? Dass sie mit Liebe für Mann und Kind, für das eigenste Interesse erfolgt … Nun soll, was bisher in der Familie getan wurde, in Lohnarbeit für Fremde verwandelt werden.«

Billig! Ja, wenn die Hausfrau anstatt der Lohnarbeiterin das Geld in den Hals zu werfen (die Arme braucht es vielleicht so nötig für ihre hungrigen Kinder) selbst bügelt, näht u.s.w.

Ebenso gut? Ob die Liebe für Mann und Kind Schulung und Übung ersetzt? Und ob die Handgeschicklichkeit, die die Natur dieser oder jener Hausfrau vielleicht versagte, sich intuitiv bei ihr einstellt aus Liebe für Mann und Kind, so dass sie nun die Lohnarbeiterin, die ohne Liebe am Werk ist, übertrifft?!

Billig und gut, weil es für ihr eigenstes Interesse ist? Wie aber, wenn die Frau in einem einträglichen Beruf arbeitet, und sie weiß: mit dem Geld, das du erwirbst, kannst du deinen Sohn studieren, deine künstlerisch begabte Tochter in einem Meister-Atelier ausbilden lassen – würde die Frau nicht zwei Fliegen mit einer Klappe schlagen? Zugleich für ihr eigenstes persönliches Interesse und für das ihrer Kinder arbeiten?

»Die Frau, fährt der gelehrte Herr fort, pflegt und erzieht die Kinder, sie waltet in Küche, Keller und Kammer, sie reinigt und flickt, führt den kleinen Kampf gegen Staub und Verderbnis ... sie kann mit demselben Einkommen das Doppelte schaffen, wenn sie ihr Budget richtig einzuteilen, wenn sie mit Waren- und Menschenkenntnis einzukaufen versteht« u.s.w.

Gewiss, das Einkommen des Mannes kann von der Frau schlecht oder gut eingeteilt und angewendet werden. Schlecht, wenn sie unordentlich, vergnügungssüchtig oder dumm ist. Dass sich diese Eigenschaften bei der erwerbenden Frau häufiger finden sollten als bei der keines Broterwerbes Beflissenen ist nicht einleuchtend.

Von Waren- und Menschenkenntnis soll die zweckmäßige Verwendung des Einkommens abhängen?

Menschenkenntnis, die braucht man wirklich zum Einkaufen nicht. Die böseste Händlerin in den Markthallen kann die auserlesensten Gänse oder Hasen feilbieten. Und wenn selbst ihr böser Charakter die Güte ihrer Aale oder ihres Kohls ungünstig beeinflussen sollte, ich kann mir die Holde doch nicht so oft zum Kaffee in mein Haus einladen, bis ich mir die Gewissheit über ihren Charakter verschafft habe.

Und Warenkenntnis?

Kenntnis welcher Waren? Aller – die der Haushalt und das Leben mit sich bringt?

Ach!

Geschäftslokalkenntnis, die braucht sie. Die besten Quellen für Lebensmittel z.B. sind leicht zu erfahren, und dahin schicke ich meine – Köchin. Von größerem Nutzen als

Warenkenntnis wäre die feine Zunge der Hausfrau. Dass eine durch Studium ausgebildete Intelligenz die Geschmacksnerven abstumpfen sollte, ist wenig glaubhaft.

Ich gebe aber zu, dass Menschenkenntnis der Frau im Haushalt wünschenswert ist, nicht für den Einkauf, aber bei der Auswahl und vor allem bei der Behandlung und Disziplinierung der Hausgehilfinnen. Aber auch die Menschenkenntnis scheint mir mehr auf Erfahrung und Verstand zu beruhen als auf Liebe für Mann und Kind.

»Die Gattin – heißt es weiter –, die dem Mann das Mahl bereitet, (Gott gebe, dass sie gut kocht) ihm abends die Stirne glättet, (Gott gebe, dass ihre Hand von der vielen Hausarbeit sich nicht zu rauh für das zärtliche Geschäft erweise) wird dienend zur Glück spendenden Herrscherin ... sie weiß, dass in ihrem kleinen Reich Anfang und Ende alles menschlichen Strebens liegt.«

Sollte hier nicht der ziemlich berühmte Nationalökonom den Kreis alles menschlichen Strebens ein wenig zu eng gezogen haben?

Ich möchte mir eine bescheidene Frage erlauben: Womit beschäftigt denn nun diese reizende, flickende, reinigende, abstaubende, das Mahl bereitende Hausfrau ihre Dienstboten? Und noch eine andere indiskretere Frage: Sollte etwa die Gemahlin des Professors nicht reinigen, nicht flicken, nicht das Mahl bereiten (im allgemeinen pflegen die Gemahlinnen angesehener Professoren es nicht zu tun) – warum schreibt er es denn? Es hat ihn ja niemand gezwungen, sich mit der Frauenfrage zu beschäftigen. Oder – tut die Gemahlin das alles, dann hat sie ihm den Aufsatz wohl souffliert?

Meine nörgelnden Widerlegungen wären kleinlich? Ein gediegener Wissenschafter, der einmal nebenher – wahrscheinlich in der Schonzeit seines Geistes – ein paar Streiflichter auf die Frauenfrage fallen lässt, brauche ja nicht jedes Wort auf die Goldwage zu legen?

Ja, das soll er allerdings, ehe er für die größere Hälfte des Menschengeschlechts eine Zwangsbestimmung dekretiert.

Entgleisungen der Logik wie die angeführten, ein solches Pausieren der männlichen Intelligenz ist eine Kennzeichnung, wie selbst hochverdiente Gelehrte sich ernser wissenschaftlicher Methoden entschlagen, wo es sich um die *quantité négligeable* – um die Frauen handelt.

Dieses eifernde Vorschreiben dessen, was die Frau für das häusliche Behagen des Mannes zu tun hat, erinnert es nicht an die Sitte eines wilden Stammes, der Kukis, bei denen der Arzt die Arzneien einnehmen musste, die er den Kranken verschrieb. Die Folge: er verschrieb fast immer Esswaren.

O Antifeminist, – lass dir keine grauen Haare wachsen. So lange der Mann das hörige ergebene Weibchen will und braucht, wird er es finden. Erst, wenn er es nicht mehr mag, stirbt es aus. Auch im Reich der Psyche herrscht das ökonomische Gesetz von Angebot und Nachfrage.

Aber nicht nur die Vernachlässigung der Wirtschaft fürchtet man von der erwerbenden Ehefrau, auch dass sie ihrer Weiblichkeit und ihrer zärtlichen Gefühle sich entäußern werde. Man scheint sich die Sache im Bild einer Wage vorzustellen. In der einen Schale liegen Weiblichkeit und Gefühle, in der andern die Intelligenzkräfte, und je mehr nun die Schale mit den Intelligenzkräften steigt, je mehr sinkt die andre mit den Gefühlen. Darum – fort mit dem weiblichen Intellektualismus!

Lauschen wir wieder der Wortmusik des Hymnensängers der Ehe, des Dr. Johannes, um zu erfahren, wie die Gattin durch echte Weiblichkeit das Glück der Ehe zu bewerkstelligen hat. Er denkt sehr groß von den Eheleistungen seines hörigen Weibes. Sie beschafft dem Gatten – und »das ist ihr eigentlicher Beruf – den Rückhalt und den unerschöpflichen Kräftefond für den Kampf ums Dasein durch das geordnete lebensvolle Heim.«

Eine schöne Aufgabe! Ja, aber wenn man nur nicht Bände mit den Aussprüchen anderer Antifeministen – allerberühmteste Namen sind darunter – füllen könnte, die ganz im Gegensatz zum Dr. Johannes, die Frauen als die Parasiten hinstellen, die dem Mann das Mark aussaugen, um nur den jederzeit naheliegenden Nietzsche zu zitieren: »Vielleicht wachsen unsere Bäume nicht so hoch wegen des Efeus und der Weinreben (die weiblichen Schmarotzer) daran.«

Und der Möbius hat sogar ihrem physiologischen Schwachsinn eine ganze Broschüre gewidmet, und wurde darob in einer vornehmen freisinnigen Zeitung als einer der feinsten Frauenkenner gepriesen.

Da ist wirklich nicht abzusehen, wie solche Jammerschatten der Schöpfung dem herrlichen Gebilde des Mannes den unerschöpflichen Kräftefond beschaffen sollen. Täte da das Gebilde nicht am Ende doch besser, selber für die Unerschöpflichkeit seines Kräftefonds zu sorgen?

Der Dr. Johannes nennt »die gegenseitige Befruchtung und Förderung in der Ehe unvergleichlich.«

Ja, wenn sie sich eben fördern und befruchten. So recht kann ich mir die Befruchtung des Mannes durch seine Echomadame nicht vorstellen.

Das Eingehen des weiblichen Charms – so fürchtet man – würde den Heiratstrieb des Mannes auf den Aussterbeetat setzen. Dieser Charm aber (dem der Mann unterliegt), steht ja mit der Ethik auf gespanntem Fuß. Zwar wünscht der Mann, so sagt er, ein bescheidenes, häusliches, sparsames, küchenverständiges Eheweib. Er wünscht, dass sie alle diejenigen Eigenschaften habe, die ihm die Behaglichkeit des Hauses und keine zu große Gefahr für seinen Geldbeutel zu verbürgen scheint.

Aber – wohlgemerkt: dieses Ideal gilt nur für seine eigene Frau. Wie sollte ihn auch die Einfachheit, Häuslichkeit, Kochkunst, Sparsamkeit anderer Frauen interessieren? In

Betreff der übrigen Frauenwelt haben die Männer im großen und ganzen einen übereinstimmenden Geschmack.

Welchen?

Die Rautendelein lachen sich ins Fäustchen.

Das Ewig-Weibliche, das die Männer hinan- oder – hinabzieht, ist ein erotischer Charm. Folgendes diene als Beweis: Wenn die Jungfrau 25 oder 26 Jahre alt geworden ist, ohne den männlichen Versorger gefunden zu haben, steht die Familie diesem Malheur betrübt und beinahe hoffnungslos gegenüber. Und doch ist, aller Wahrscheinlichkeit nach, dieses Mädchen in ihrem 26. Jahre reicher an Seelen- und Gemütskraft, stärker an Intelligenz, tüchtiger als Gebärerin, als sie es in ihrem 17. oder 18. Jahre war.

Ja – aber – der Maienblüte ihres sinnlichen Zaubers fehlt die erste Taufrische.

Wir erfahren auch, wie die Gattin nicht sein darf, wenn die Ehe in den Glückshafen einlaufen soll.

Sie hat sich der höheren Bildung zu enthalten, andernfalls ist es mit Förderung und Befruchtung aus.

»Ihre außerordentliche geistige Eigenart, wodurch sie Mann und Kind wärmend und bildend (ohne Bildung) umschließen kann, besteht in der Unmittelbarkeit ihrer Empfindung, in ihrem genial (Gott sei Dank, endlich das Wort »genial«, auf das ich schon lange wartete) intuitiven Verständnis, das alles aber zerstört die gelehrte Bildung.«

Dieser Satz wäre nicht besonders aufregend. Als beweiskräftig aber für seine Ansicht führt er die Worte einer Kaiserin an (wo sie gesprochen oder geschrieben worden sind, erfahren wir nicht): »Je weniger die Frauen lernen, desto wertvoller sind sie. Dann wissen sie alles aus sich selbst heraus. Was sie lernen, lenkt sie eigentlich nur ab auf einen Abweg ihres Innern, sie verlernen dadurch ein Stück ihres selbst, um anstatt dessen Grammatik oder Logik sich unvollkommen anzueignen. Auch als Mütter würden sie wohltätiger wirken, wenn sie wie die Bäume wären, frei von jeder Fessel und Verkümmerung unter dem offenen Himmel. Sie sollen den Männern nicht in ihren Geschäften helfen, ihnen nicht Gedanken und Ratschläge soufflieren, sondern sie sollen durch ihre bloße Nähe Gedanken und Entschlüsse in den Männern wachrufen und reifen lassen, die diese dann aus sich selbst zu schöpfen haben.«

Nun – solche alles Wissens unkundige Frauen gibt es sicher, und wir brauchen sie nicht einmal unter den Indianern oder Feuerländern zu suchen. Wir finden sie schon im preußischen Staat in Wreschen und Umgegend, wo die Frauen die Mutter Maria und den lieben Gott für – polnisch redende Herrschaften halten. Sehen Sie, Herr Dr. Johannes, für diese Unbildung hat man sie ins Gefängnis gesperrt. Ob man den Schulmeister, der ihnen diesen hohen Charm der Weiblichkeit bewahrte, belobigte, weiß ich nicht.

»Wehe, ruft der feine Psychologe Mantegazza, dem Weibe, das mehr weiß als der Mann. Er will stets der Lehrer, aber nicht der Schüler sein.« Der pädagogische Ehegatte ist mir noch gar nicht so massenhaft aufgestoßen.

Und um einen ganz Modernen anzuführen (ich habe immer einen Professor bei der Hand, das heißt einen in den Geisteswissenschaften bewanderten): Auf dem deutschen Ärztetag äußerte der Professor Penzoldt: »Wir brauchen keine gebildeten und halbgebildeten Frauen, sondern geistig und körperlich gesunde Frauen«, und daran anknüpfend fand er, dass überhaupt »an der Sucht nach Höherem unsere gesellschaftlichen Zustände kranken.«

Ja, aber die von mir zitierten Kollegen und Gesinnungsgenossen des Professors – die er nicht desavouieren wird – bestreiten ja mit aller Energie die körperliche Gesundheit des Weibes, des gebildeten wie des ungebildeten, und halten das Weib als solches für ein krankes Produkt der Schöpfung.

Nehmen wir aber einmal an, dass Unbildung und Gesundheit nebst Gebärtüchtigkeit in einem Kausalnexus ständen, nicht eine merkwürdige physiologische Anschauung eines Arztes, dass die Kinder nur die durch Unbildung konservierte Kräftigkeit der Mutter erben würden, während der durch Gehirnarbeit entkräftete Vater (oder wirkt Gehirnarbeit auf den Mann muskelstärkend?) nicht schwer ins Gewicht zu fallen scheint? Erinnert an die Anekdote von einem sehr hässlichen, aber sehr gescheiten Gelehrten, der eine ebenso schöne wie dumme Frau heiratete in der Voraussicht, dass sein Sohn nun die Schönheit der Mutter und den Geist des Vaters erben würde.

Es kam umgekehrt. Das Kind wurde so hässlich wie der Vater und so dumm wie die Mutter.

Noch einige Kuriositäten – nicht etwa Schalkhaftigkeiten – in betreff der Argumente, mit denen man die Erwerbssperre über die verheiratete Frau verhängen zu müssen glaubt, möchte ich der Vergessenheit entreißen.

Ein Professor Hottinger, dessen Intelligenz und Gründlichkeit im »Reichsboten« gepriesen wird, erklärt in einer öffentlichen Versammlung, dass der Zweck dieser Versammlung in erster Linie seine Antwort auf die unwürdige Behandlung sei, die ihm in einer Frauenversammlung zu teil geworden sei. Sogar ein Ordnungsruf sei ihm nicht erspart geblieben. »Da hat sich doch mein Inneres umgedreht.« Der Anblick muss schrecklich gewesen sein[8].

Feuilletonisten schreiben gern, weil es zeitgemäß ist, zürnende Artikel gegen die Dekadenz des Zeitalters, wobei ihnen dann unter den dekadenten Erscheinungen die Frauenemanzipation fast von selbst in die Feder läuft.

Ein sehr beliebter Feuilletonist findet, ganz wie der ziemlich berühmte Nationalökonom, dass die häuslichen Ver-

---

8   Wir entnehmen diese Notiz einer Nummer des »Reichsboten«.

richtungen und Pflichten der Frau – zu denen er die leichten Arbeiten im Hause, wie: Nähen, Bügeln u.s.w. rechnet – sicher viel mehr einbringen würden als irgend ein Beruf.

Als irgend ein Beruf.

Ich will absehen von dem Gehalt eines Ministers oder eines geschickten Bankiers, aber – eine Scheuerfrau z.B., die schluckt – außer der Beköstigung – ihre zwei Mark täglich.

Dass die Gattin, neben ihren vielen andern, teils idealen, teils weniger idealen Pflichten – durch häusliche Kleinarbeit mehr als eine Mark täglich verdienen sollte (ich rechne in die Tasche unserer Gegner), wird wohl nur in Aufsätzen gegen die Frauenbewegung geglaubt.

Der sehr beliebte Feuilletonist erläutert seine Ansicht durch ein Beispiel: »Die Frau erhält eine Stellung an einer Zeitung, das entführt sie dem Hause. Dienstboten müssen angenommen werden, welche das Haus in schreckliche Verfassung bringen.« (Wenn das der »Vorwärts« wüsste, dass die Dienstboten so schrecklich sind.) »Der Toilettenaufwand der früher einfachen Frau wird immer größer – sie ist das ihrem Beruf schuldig – und so gehen die Einkünfte wieder in den Wind.«

Endlich einmal etwas Neues in der Frauenfrage. Die Anstellung an einer Zeitung erfordert von seiten der Frau Toilettenaufwand. Da sieht man wieder recht, wie grundverschieden Mann und Weib von einander sind. Das Weib putzt sich für die Redaktionsgeschäfte, während die männlichen Redakteure – selbst die feinsten Chefredakteure vornehmster Zeitungen – in älteren Hausröcken die Redaktionsgeschäfte zu besorgen pflegen.

In der Stadtverordnetenversammlung einer preußischen Mittelstadt sprach sich der erste Bürgermeister entschieden gegen die Errichtung einer weiblichen Fortbildungsschule aus. Und seine Gründe? »Würde den Mädchen Gelegenheit geboten, sich in einer gewerblichen Fortbildungsschule auszubilden, so würde damit der ohnehin herrschende Dienstbotenmangel noch viel mehr gesteigert werden.« – (Menschenliebe schwach.)

In einer Reichstagssitzung sprach ein Erwählter des Volkes sein lebhaftes Bedauern darüber aus, »dass man so viele Frauen anstelle, da doch ein Mangel an Männern nicht vorhanden sei«.

Erinnert an jenes Hausbesitzers Gebet an seinen Heiligen: »O heiliger Sankt Florian, verschon' mein Haus, zünd's andere an.«

Als in einer Magistrats- oder Stadtverordnetenversammlung von Mädchengymnasien die Rede war, hielt ein hervorragendes Mitglied der illustren Versammlung eine begeisterte Rede gegen diesen gymnasialen Unsinn, die in den Worten gipfelte: »Sollen wir Männer uns etwa selber die Strümpfe stopfen und den Kaffee kochen?«

Nun – nun! Sollte die Stopfmaschine noch nicht erfunden sein, so ist ihre Erfindung nur eine Frage der Zeit, und wer verbürgt der hervorragenden Magistratsperson, dass nicht Männer diese Maschine bedienen werden?

Und was das Kaffeekochen betrifft, warum soll er sich denn den Kaffee nicht selber kochen? Eine große Anzahl junger lediger Herren tun es ja. Auf den englischen Universitäten Oxford und Cambridge ist es selbstverständlich, dass die jungen Leute – zum größten Teile sind sie reich oder vornehm – sich den Tee selbst bereiten, auch wenn sie Teegesellschaften geben.

Bei Gott, ich glaube nicht, dass, wenn der Herr seinen Kaffee selber kochte, dem Staat und der Gesellschaft viel von seiner geschätzten Arbeitskraft verloren gehen würde! Und dann – ein Trost bleibt der des Kaffeekochens so abholden Magistratsperson: die berufstätige Gattin wird wohl auch nicht, ohne vorher Kaffee zu trinken, ihrem Berufe nachgehen, und da käme es ihr gewiss nicht darauf an, für den lieben Mann ein Tässchen mitaufzubrühen. Übrigens in den meisten Haushaltungen besorgen die Köchinnen den Kaffee.

Ein angesehener Professor in Rostock wirft die Frage auf: »Was hätten denn die Frauen von ihrer Studienzeit? Auf die Familienfreuden müssten sie verzichten. (Sie denken nicht daran – wenn auch nicht alle den Ehrgeiz hegen werden, gleich jener berühmten pythagoräischen Philosophin neun Kinder zur Welt zu bringen.) Das deutsche Studentenleben könnten sie aus naheliegenden Gründen nicht mitmachen und auskosten, Streitigkeiten könnten von ihnen mit der Klinge in der Faust nicht ausgefochten werden. Sie müssen also eine Art Lernautomat werden. Unter allen Umständen würde der Frau eins der wichtigsten Bildungsmittel (das Studentenleben) entgehen.«

Ich vermisste hinter diesem professoralen Tiefsinn ein begeistertes dreifaches Salamanderreiben, erstens – auf den Saufzwang, zweitens – auf die reizenden Paukschmisse, die schmücken indem sie entstellen, und drittens – auf eine Erotik, gegen die meine Feder sich sträubt.

An allem Schönen und Fruchtbaren im Studentenleben kann die Frau im vollsten Maße teilnehmen.

Ein Abgeordneter des Zentrums wünschte, dass man nur große Frauen (er gab genau das Maß an) bei Staatsanstellungen berücksichtige, da diese Frauen sich schwer verheirateten. Nietzsche wiederum bezeichnet die kleinen Frauen als Neutra, als drittes Geschlecht (also auch schwer unter die Haube zu bringen). Ha! welche Lust, eine Mittelgroße zu sein!

Der Chor der Antifeministen dekretiert: So muss es sein. Sie sagen aber nicht, wie es so sein kann. All ihrer Schriften und Reden Refrain ist: »Die Frau gehört ins Haus.«

Was würdet Ihr Leute zu einem Arzt sagen, der dem kranken Proletarier verordnete: Trink starken Wein, iss feines Fleisch, atme Bergluft oder – stirb!

Ein ähnlicher weltgeschichtlicher Spott liegt in dem dröhnenden Zuruf an die Millionen von Frauen, die von keinem Mann ernährt werden können: Ihr gehört ins Haus.

Wohlan – so lasst der Rede die Tat folgen und tut den ersten – und wäre es auch nur ein schüchterner Schritt, um der unversorgten Frau das Haus – und wäre es auch nur ein freundliches möbliertes Stübchen – zu verschaffen.

Petitioniert an den Reichstag. Fordert wie der kühne Denker und Philosoph Eduard von Hartmann es schon vor Euch getan hat, – dass der Staat sämtlichen unversorgten Frauen mit einer Pension unter die Arme greife.

Haben Statistiker auch herausgebracht, dass selbst bei einer Minimalpension (wobei der Magen nur sehr flüchtig mit in Anschlag gebracht wurde) die Sache dem Staat 2 ½ Milliarden kosten würde – was tut's! Wo es sich, Ihr Antifeministen, um die Realisierung Eures Menschheitsideals handelt, werdet ihr gern und tief, sehr tief in Euren Geldbeutel greifen.

Oder nicht?

Es ist schier unerträglich, dass man die Frauen fort und fort in eine Zwangsjacke des Glücks stecken will. Es kann einem dabei das melancholische Lied in die Ohren klingen: »Wo du nicht bist, ist dein Glück«.

Entweder: wir sind vernunftlose Halbtiere, die man irgendwo fest anbindet, damit sie keinen Schaden anrichten, oder wir sind vernunftbegabte nennenswerte Menschen, nun – so sind wir Selbstbestimmer, Selbstwisser unseres Glücks und unserer Lebensziele.

Es gibt hohe und höchste Herrschaften – Frauen, die nie an einen Beruf, nie an Emanzipation gedacht haben, und die sich doch aller häuslichen Verrichtungen enthalten. Sie pflegen ihre kleinen Kinder nicht selbst, sie bewachen nicht die Speisekammer und führen nicht den kleinen Krieg gegen Staub und Verderbnis. Und man sperrt ihnen deshalb nicht die Throne und nicht die Männerherzen, und sie werden mit nichten niedriger eingeschätzt als die Nurhausfrauen.

Mehr Stolz, ihr Frauen! Wie ist es nur möglich, dass ihr euch nicht aufbäumt gegen die Verachtung, die euch noch immer trifft. Auch heute noch? Ja, auch heute noch. Der stehende Glückwunsch bei Eheschließungen in Italien lautet noch immer: » *Salute e figli maschi*« (Gesundheit und männliche Kinder). Die Väter sind noch immer enttäuscht, wenn ihr Erstgeborenes ein Mädchen ist.

Selbst die Sozialisten, die die völlige Gleichberechtigung der Geschlechter proklamieren, stehen dieser Emanzipation nicht sympathisch gegenüber. Mir liegt die Broschüre eines englischen Sozialisten vor, der Front gegen die Frauenbewegung macht. Bebel ist der erste, der die Emanzipation der Frau in sein Programm aufgenommen hat. Für Marx, Engels, Lassalle existierte die Frauenfrage nicht.

Mehr Stolz – ihr Frauen! Der Stolze kann missfallen, aber man verachtet ihn nicht. Nur auf den Nacken, der sich beugt, tritt der Fuß des vermeintlichen Herrn.

Es ist die Majorität, die auch heut noch in der Frauenbewegung kaum etwas anderes sieht und von ihr erwartet als die Entlastung der Gesellschaft von den weiblichen Parasiten, die keinen männlichen Versorger finden. »Alte Jungfern aller Länder vereinigt euch« ist das Motto, das ein witziger Gegner den Frauen für ihr Freiheitsmanifest empfiehlt.

Darin aber haben unsere Gegner recht, dass die Frauenemanzipation an der heutigen Form der Ehe rüttelt. Sie rüttelt daran, aber nicht im Sinn- und Hinblick auf eine schranken- und zügellose Erotik, vielmehr um der Ethisierung, der Verfeinerung unserer groben Ehe willen. Was ihr an Gemeinem, Sklavenhaftem, Notgedrungenem anhaftet, will sie davon ablösen.

Schatten vom Geist des Hetärentums, und von dem der indischen Witwenverbrennung gehen noch immer in unserer Kultur um. Die geistige und ökonomische Erhebung der Frau ist der Hahnenschrei, der diese Gespenster bannen soll.

Das Ende der Zwangsehe wird der Anfang einer neuen höheren, sittlicheren Gemeinschaft zwischen Mann und Frau sein. Die Frommen und Konservativen im Lande brauchen sich aber nicht zu entsetzen. Keine Petition an den Reichstag um Schließung der Standesämter, um den Umsturz der Traualtäre oder sonstige Plötzlichkeiten sind geplant. Wir wissen es: Neue Ideen müssen erst in das Gesamtgefühl der Majorität eindringen, ehe die Einzelnen sie ungestraft im realen Leben verwirklichen können.

Von Gefühlen, sagt man, wird das Weib beherrscht. Nur das Weib? Mir scheint, es gilt von der ganzen Menschheit.

Denken wir uns eine starkgeistige Frau, die unsere heutige Ehe für eine überlebte, ethisch widerwärtige Institution hält. Müsste sie nicht konsequenterweise den freien Liebesbund, den etwa ihre Tochter mit dem Mann ihrer Wahl zu schließen gewillt ist, segnen?

Aber nein. In den weitaus meisten Fällen wird sie einem solchen Bund entgegenarbeiten, in der begreiflichen Zärtlichkeit, die die Tochter vor der Tragik eines Schicksals bewahren möchte, das diejenigen ereilt, die im Konflikt mit dem eigenen Denken und den Gefühlen ihrer Zeit sich auf die Seite des Denkens stellen, und ihre Lebensführung dieser intellektuellen Erkenntnis anpassen wollten. Der Weg vom Erkennen zur Tat geht über gefährliche Klüfte. Wer möchte ein Curtius sein!

Revolutionen werden nicht mit Rosenwasser gemacht. Es braucht aber nicht gerade Blut zu sein. Die Zeit ist die größte Revolutionärin; nur schreitet ihr eherner Schritt langsam, langsam aufwärts.

Und das ist die tiefe Tragik der Vorausdenkenden, dass sie ihre Zeit nie erleben, das heißt, sie kommt erst, wenn sie gegangen sind.

Die Antifeministen halten die allmählich sich entbinden-
den, der Dekadence heilend entgegenwirkenden Intelligenzkräfte der Frau für eine Art geistiger Brunnenvergiftung, und
sie schlügen die Rädelsführerinnen am liebsten – wenigstens
mundtot. Hülfe ihnen nichts. Die Welt ist ein Riesenphono-
graph. Ideen, die einmal hineingesprochen, bleiben unaus-
löschlich darin haften. Sie klingen wieder, klingen wieder.

Die französische Revolution emanzipierte den dritten
Stand, die sozialistische Revolution unseres Zeitalters gilt
dem vierten Stand, dem Proletariat. Die Revolution der
Frauen will die Emanzipation der größeren Hälfte des Menschengeschlechts. Die Zeit selbst hat sie nach den Wehen
eines Jahrhunderts, da sie nun geburtsreif geworden, aus
ihrem Schoß entbunden.

Der Kampf gegen diese Ideen ist ein Todeskampf. Die
Geister in der Luft kämpfen mit, aber – für uns.